高宮学園バスケ部の氷姫

愛されすぎのマネージャー生活、スタート！

＊あいら＊・作
ムネヤマヨシミ・絵

集英社みらい文庫

もくじ

♥プロローグ……6
♥私《わたし》の日常《にちじょう》……8
♥居場所《いばしょ》……20
♥チョコレートの神《かみ》さま……29
♥たのみごと？……35
♥龍《りゅう》さん……43
♥はじめまして……51
♥バスケ部《ぶ》……62
♥きらわれ者《もの》……68
♥初日終了《しょにちしゅうりょう》……80
♥君《きみ》を守《まも》る……85
♥マネージャー生活《せいかつ》二日目《ふつかめ》……89
♥かわいい……95

登場人物《とうじょうじんぶつ》

夜光《やこう》龍《りゅう》

中《ちゅう》2。バスケ部《ぶ》キャプテン。クラブチームで選抜《せんばつ》メンバーに選《えら》ばれるほどの実力《じつりょく》の持《も》ち主《ぬし》で、弱小《じゃくしょう》だったバスケ部《ぶ》を強豪《きょうごう》チームに導《みちび》く。

涼風《すずかぜ》陽《よう》

中《ちゅう》1。努力家《どりょくか》で心優《こころやさ》しい美少女《びしょうじょ》だが、本人《ほんにん》は自分《じぶん》の美《び》ぼうに気《き》づいていない。感情表現《かんじょうひょうげん》がニガテで「冷《つめ》たい」と誤解《ごかい》されることも多《おお》い。

♥初《はつ》の大役《たいやく》！……102
♥ウワサの女子《じょし》、涼風《すずかぜ》陽《よう》……117
♥新着《しんちゃく》メッセージ……123
♥違和感《いわかん》……128
♥知《し》らない龍《りゅう》さん……134
♥怒《いか》り……146
♥勇敢《ゆうかん》なマネージャー……153
♥特別扱《とくべつあつか》い……160
♥ヒーロー……166
♥恋敵《こいがたき》……174
♥ピンチ……180
♥さよなら……186
♥必要《ひつよう》な存在《そんざい》……198
♥仲間《なかま》……204

千草《ちぐさ》京《けい》
中《ちゅう》2。遅刻常習犯《ちこくじょうしゅうはん》。チャラく遊《あそ》び人《にん》と言《い》われているが、実《じつ》は……？

三鷹《みたか》影《えい》
中《ちゅう》2。無口《むくち》だが優《やさ》しい。メガネに隠《かく》された素顔《すがお》には、ヒミツが……？

黒世《くろせ》宮《みや》
中《ちゅう》1。可愛《かわい》い見《み》た目《め》に反《はん》してダウナー系《けい》。やや人見知《ひとみし》り。

白世《しろせ》壱《いち》
中《ちゅう》1。関西出身《かんさいしゅっしん》で、元《もと》不良《ふりょう》。幼《おさな》い妹《いもうと》や弟《おとうと》の面《めん》倒《どう》をよく見《み》るアニキ肌《はだ》。

朝霧《あさぎり》虎《とら》
中《ちゅう》2。陽《よう》の幼《おさな》なじみで、サッカー部《ぶ》の次期《じき》キャプテン。陽《よう》のウワサを聞《き》き、幻滅《げんめつ》して、陽《よう》をサッカー部《ぶ》から追《お》い出《だ》してしまう。

あらすじ

わたし、涼風陽《すずかぜよう》。中《ちゅう》1です。
一《ひと》つ年上《としうえ》の幼《おさな》なじみ、
虎《とら》くんに誘《さそ》われて、
サッカー部《ぶ》のマネージャーを
やっていたの。
毎日忙《まいにちいそが》しいけど、
すごく頑張《がんば》ってたんだ……！

——でもある日《ひ》、先輩《せんぱい》マネージャーさんに悪事《あくじ》を
でっち上《あ》げられて、サッカー部《ぶ》を追《お》い出《だ》されてしまったの。

たったひとつの、わたしの居場所《いばしょ》、
だったのに……

「バスケ部《ぶ》のマネージャーに
なってくれないか?」

落《お》ち込《こ》んでいたわたしを
助《たす》けてくれたのは、
びっくりするほどきれいな
男《おとこ》の人《ひと》——
バスケ部《ぶ》のキャプテン・
夜光龍先輩《やこうりゅうせんぱい》。

バスケ部《ぶ》のみなさんは、“問題児《もんだいじ》”って
言《い》われているみたいだけど、
すごく個性的《こせいてき》で、にぎやかで、楽《たの》しくて……
「かわいいから見惚《みと》れちゃった～」
「まじか……」

いつの間《ま》にか、わたし――
この時間《じかん》がずっと続《つづ》けば
いいと思《おも》ってた。

でも、事件《じけん》が起《お》きて……!?

続《つづ》きは本文《ほんぶん》を読《よ》んでね♪

プロローグ

私立高宮学園《しりつたかみやがくえん》には、絶対的人気《ぜったいてきにんき》を誇《ほこ》る「バスケ部《ぶ》」が存在《そんざい》した。


「バスケ部《ぶ》だ……！」

「かっこいい……あたしも近《ちか》づきたい」

「むりだよ、バスケ部《ぶ》は女子禁制《じょしきんせい》だもん」


女子禁制《じょしきんせい》で女《おんな》の子《こ》はだれも近《ちか》づけない、アイドル的存在《てきそんざい》。

しかし、そんなバスケ部《ぶ》には——。


「えー、でもひとりマネージャーがいるじゃん」

「あの子《こ》は特別《とくべつ》だって。バスケ部《ぶ》の〝お姫《ひめ》さま〟だから」

——溺愛《できあい》されている、お姫《ひめ》さまがいる。

問題児《もんだいじ》？　最強《さいきょう》バスケ部《ぶ》×誤解《ごかい》されやすいお人《ひと》よし美少女《びしょうじょ》。


「陽《よう》のことは、俺《おれ》が絶対《ぜったい》に守《まも》るから」

バスケ部《ぶ》の絶対的《ぜったいてき》エース。学園一《がくえんいち》のモテ男子《だんし》。

「よそ見《み》すんな。俺《おれ》だけ見《み》てろよ」

やんちゃ系《けい》だけど面倒見《めんどうみ》がいいお兄《にい》ちゃん男子《だんし》。

「おまえ……いちいちかわいいな」

一匹狼《いっぴきおおかみ》でクールな天才御曹司《てんさいおんぞうし》。

「か、かわ……な、なにもねーし……！」

女《おんな》ぎらいなツンデレ猫系男子《ねこけいだんし》。

女《おんな》の子好《こず》きワケあり男子《だんし》や、一途《いちず》な執着系男子《しゅうちゃくけいだんし》まで……愛《あい》されすぎのバスケ部生活《ぶせいかつ》スタート！

私《わたし》の日《にち》常《じょう》

「それじゃあ、気《き》をつけて帰《かえ》るように！」

帰《かえ》りのあいさつが終《お》わって、次々《つぎつぎ》と立《た》ちあがるクラスメイトたち。

「ねえ、今日《きょう》カラオケ行《い》こうよ」

「いいね！」

「あたし部活《ぶかつ》あるからまた今度《こんど》！」

楽《たの》しそうに話《はな》しているクラスメイトたちの波《なみ》をかきわけて、そっと教室《きょうしつ》をでる。

放課後《ほうかご》に遊《あそ》びにいったりするの、楽《たの》しそうだなぁ……。

家《いえ》からいちばん近《ちか》い私立中学校《しりつちゅうがっこう》にはいってから、半年《はんとし》がたったけど……私《わたし》はまだひとりも友《とも》だちができていない。

もちろん友《とも》だちはほしいと思《おも》っているし、いろんな人《ひと》と仲《なか》よくしたいけど……私《わたし》はまわりから、こわい人《ひと》だと思《おも》われているみたいで……。

──ドンッ！

「うわっ……ご、ごめんなさい……って、涼風陽《すずかぜよう》……」

「……」

「す、すみませんでした……！」

あ……またこわがらせちゃった……。

あやまろうと思《おも》って彼《かれ》をじっと見《み》つめたけど、顔《かお》を青《あお》くして走《はし》っていってしまった。

私《わたし》もちゃんとあやまりたかったのに……ぶつかって、申《もう》しわけないことしてしまった……。

あんまり感情《かんじょう》が表《おもて》にでないみたいで、昔《むかし》からよくなにを考《かんが》えているのかわからないって言《い》われてきた。

怒《おこ》っていると誤解《ごかい》されることもあって、今《いま》みたいにこわがらせてしまうことがしょっちゅうだ。

「おいおまえ、なに涼風《すずかぜ》さんにぶつかってんだよ」

「いや、よそ見《み》してさ……俺《おれ》、はじめて間近《まぢか》で見《み》た……」

「涼風《すずかぜ》さんってやっぱりさ……」

ぶつかった男《おとこ》の子《こ》たちが、私《わたし》のほうを見《み》てこそこそ話《はな》しているのが聞《き》こえる。

きっとこわいとか、呪《のろ》われるとか、よくないことを言《い》われているだろうし……聞《き》きたくないな。

私《わたし》は逃《に》げるように、早足《はやあし》で立《た》ちさった。

「やっぱり……めっちゃ美人《びじん》だった……」

「仲《なか》よくなりたいよな……」

「でも、超《ちょう》クールでにこりとも笑《わら》わないらしいし……だれも話《はな》しかけられないよな」

ふぅ……こわかった……。

教室《きょうしつ》をでてむかったのは、部室棟《ぶしつとう》のいちばん奥《おく》にある花《か》だん。

この花《か》だんの花《はな》に水《みず》やりをするのが、私《わたし》の日課《にっか》だ。

今日《きょう》もきれいに咲《さ》いてる……ふふっ。

「元気《げんき》に育《そだ》ってね……」

花《はな》を見《み》ていると、自然《しぜん》と笑《え》みがこぼれる。

ずっと見《み》ていたいけど、そういうわけにもいかない。

そろそろ行《い》かないと……私《わたし》はサッカー部《ぶ》のマネージャーをしているから、部活《ぶかつ》があるんだ。

急《いそ》いで更衣室《こういしつ》に行《い》って、体操服《たいそうふく》に着替《きが》えた。

今日《きょう》は……学年《がくねん》チーム対抗《たいこう》で練習試合《れんしゅうじあい》をする日《ひ》だ。

二年生《ねんせい》チームと三年生《ねんせい》チームの練習試合《れんしゅうじあい》を見《み》ながら、いつものようにスコアブックをつけた。

「試合終了《しあいしゅうりょう》！　二年《ねん》A《エー》チームの勝利《しょうり》！」

「「きゃあー！」」

審判《しんぱん》の言葉《ことば》に、マネージャーさんたちの黄色《きいろ》い歓声《かんせい》があがっている。

三年生《ねんせい》の先輩《せんぱい》たちも、MVP《エムブイピー》を讃《たた》えるように集《あつ》まっていた。

「朝霧《あさぎり》、おまえうますぎ！」

「二年《ねん》のくせに……！」

「先輩《せんぱい》たちも強《つよ》かったですよ。……あっ」

みんなにかこまれて太陽《たいよう》のような笑顔《えがお》を見《み》せている彼《かれ》は、私《わたし》に気《き》づいてこっちにかけよってきてくれた。

「陽《よう》！」

彼《かれ》は、ひとつ年上《としうえ》の幼《おさな》なじみの朝霧虎《あさぎりとら》くん。

こんな私《わたし》と……ゆいいつ仲《なか》よくしてくれる人《ひと》。

「虎《とら》くん、おつかれさま」

準備《じゅんび》していたタオルを虎《とら》くんにわたすと、さっきと同《おな》じまぶしい笑顔《えがお》で「ありがとう」と言《い》ってくれる。

虎《とら》くんはサッカー部《ぶ》の次期《じき》キャプテンと言《い》われているエース的存在《てきそんざい》で、運動《うんどう》も勉強《べんきょう》もなんでもできるすごい人《ひと》。

「虎《とら》くん、大活躍《だいかつやく》だったね」

「かっこよかった?」

笑顔《えがお》でうなずくと、虎《とら》くんはわしゃわしゃと頭《あたま》をなでてくれた。

「陽《よう》の応援《おうえん》のおかげ。いつもありがとう」

昔《むかし》から、私《わたし》のことを理解《りかい》してくれて、妹《いもうと》みたいにかわいがってくれる虎《とら》くん。

そんな虎《とら》くんのことを、私《わたし》も本当《ほんとう》のお兄《にい》ちゃんのように思《おも》っているし、心《こころ》から尊敬《そんけい》している。

サッカー部《ぶ》のマネージャーになったのも、虎《とら》くんにたのまれたことがきっかけだった。

『陽《よう》……サッカー部《ぶ》のマネージャーになってくれないか?』

『マネージャー?』

『うん。人手不足《ひとでぶそく》でさ……それに、陽《よう》が応援《おうえん》してくれたら、俺《おれ》もがんばれる』

虎《とら》くんは今《いま》までたくさん私《わたし》の面倒見《めんどうみ》てくれたから、少《すこ》しでも恩《おん》をかえしたいって思《おも》ったんだ。

マネージャーの仕事《しごと》は、することがたくさんあって大変《たいへん》だけど……虎《とら》くんやサッカー部《ぶ》の人《ひと》た

POMA

ちの役《やく》にたっていると思《おも》うと、がんばれる。

「虎《とら》く～ん！」

「かっこよかったよ～！」

ほかのマネージャーさんたちが集《あつ》まってきて、私《わたし》は虎《とら》くんから少《すこ》し距離《きょり》をとった。

「ありがとう」

アイドルみたいに笑顔《えがお》で対応《たいおう》している虎《とら》くんは、今日《きょう》もモテモテだ。

私《わたし》は兄妹《きょうだい》のように育《そだ》ったから、虎《とら》くんを恋愛対象《れんあいたいしょう》として見《み》たことはないけど、モテる理由《りゆう》はわかる。

「涼風《すずかぜ》さん」

みんなにかこまれている虎《とら》くんを見《み》ていると、先輩《せんぱい》マネージャーの人《ひと》がこそっと私《わたし》の名前《なまえ》を呼《よ》んだ。

「早《はや》く片《かた》づけしてよ。あと……」

先輩《せんぱい》は私《わたし》の耳《みみ》もとで、まわりに聞《き》こえないくらいの声《こえ》でささやいた。

「虎《とら》くんと幼《おさな》なじみだからって調子《ちょうし》に乗《の》るんじゃないわよ」

びくりと、肩《かた》がはねあがる。

「早《はや》く行《い》きなさいよ」

「は、はい」

もう一度《いちど》返事《へんじ》をして、コートの片《かた》づけをはじめた。

こ……。

こわかったっ……。

やっぱり……先輩《せんぱい》にはきらわれてる……。

マネージャーさんたちはみんな虎《とら》くんが好《す》きだから、私《わたし》のことが邪魔《じゃま》なのかもしれない。

普通《ふつう》に話《はな》しているつもりだけど、私《わたし》が虎《とら》くんにベタベタしているように見《み》えるのかな……気《き》をつけよう。

虎《とら》くんに迷惑《めいわく》はかけたくないし、先輩《せんぱい》とは……できれば仲《なか》よくなりたい。同《おな》じマネージャー同《どう》士《し》だから……。

少《すこ》しでも多《おお》くがんばって働《はたら》いて、認《みと》めてもらいたいな……。

「「きゃあー!!」」

気《き》あいをいれなおしたとき、さっきよりも大《おお》きな歓声《かんせい》が体育館《たいいくかん》のほうから聞《き》こえた。

まわりにいたサッカー部《ぶ》の部員《ぶいん》さんたちが、いやそうな顔《かお》をしている。

「ちっ……また〝バスケ部《ぶ》〟か」

これはたまに聞《き》こえる、体育館《たいいくかん》で活動《かつどう》しているバスケ部《ぶ》にむけられた歓声《かんせい》だ。

たまにというより二日《ふつか》に一度《いちど》くらいは聞《き》こえるから、もう聞《き》きなれている。

「本当《ほんとう》に耳《みみ》ざわりだよな。問題児集団《もんだいじしゅうだん》のくせに」

うっとうしそうな顔《かお》をしている部員《ぶいん》さんたちとは反対《はんたい》に、マネージャーさんたちはみんな目《め》をハートにしていた。

「バスケ部《ぶ》いるの……!? 今日《きょう》は全員《ぜんいん》そろってるのかな？」

「ねえ、今一瞬《いまいっしゅん》**〝龍《りゅう》さま〟**見《み》えたよ……！」

「うそー！　あたしも見《み》たい……！」

バスケ部《ぶ》、すごい人気《にんき》だなぁ……。

詳《くわ》しいことは知《し》らないけど、彼《かれ》らのウワサ話《ばなし》をよく聞《き》く。

かっこいい人《ひと》ばかりらしくて、マネージャーさんたちはいつもバスケ部《ぶ》の話《はなし》で大盛《おおも》りあがりしている。

「龍《りゅう》さまってほんとにかっこいいよね……エースでキャプテンだし……」

「もともとクラブチームに所属《しょぞく》してたらしいし、バスケしてる姿《すがた》、見《み》てみたいなぁ……」

「あとでこっそり見《み》にいこうよ」

その中《なか》でも、「龍《りゅう》さま」と呼《よ》ばれているキャプテンの人《ひと》が大人気《だいにんき》らしく、私《わたし》もその名前《なまえ》は頻繁《ひんぱん》に耳《みみ》にしていた。実際《じっさい》にその人《ひと》を見《み》たことはないし、ウワサで聞《き》く程度《ていど》だけれど。

「むりだよ……部《ぶ》活中《かつちゅう》は体育館《たいいくかん》しめきってるし……」

「バスケ部《ぶ》は完全女子禁制《かんぜんじょしきんせい》だもんね。かんたんに近《ちか》づけないところもすてき……！　ちょっと悪《わる》そうなところも……！」

「そういえば、先輩《せんぱい》がバスケ部《ぶ》のこと問題児集団《もんだいじしゅうだん》って言《い》ってたけど……どうしてそんなふうに言《い》われてるの？」

「遅刻欠席常習犯《ちこくけっせきじょうしゅうはん》がいたり、女好《おんなず》きのチャラい人《ひと》がいたり、元《もと》ヤンもいるってウワサだからでしょ。それに、この前《まえ》ひとり謹慎《きんしん》になったらしいよ」

「えー、ちょっとこわいけど、でもそういうところもかっこいいかも……」

「だよね～！　サッカー部《ぶ》は逆《ぎゃく》に、品行方正《ひんこうほうせい》じゃん？　みんなまじめだし。だから正義《せいぎ》のサッカー部《ぶ》と悪《あく》のバスケ部《ぶ》って言《い》われてるんだって」

「虎《とら》くんも人気《にんき》だけど、やっぱりバスケ部《ぶ》のほうが断然人気《だんぜんにんき》あるよね」

「あたしも、女子禁制《じょしきんせい》じゃなければ、本当《ほんとう》はバスケ部《ぶ》のマネージャーになりたかったんだけどなぁ……」

「ちょっと、ほかの人《ひと》に聞《き》こえるよ……！」

「あ……ごめん、うっかり。まあ、サッカー部《ぶ》もバスケ部《ぶ》の次《つぎ》にイケメンぞろいだし、虎《とら》くんもいるから楽《たの》しいけど」

ほんとにアイドルみたいだな……虎《とら》くんといいバスケ部《ぶ》の人《ひと》たちといい、この中学校《ちゅうがっこう》には有名《ゆうめい》な人《ひと》がたくさんいるみたい。

「おいマネージャー、集《あつ》まってないで仕事《しごと》してくれよ」

部員《ぶいん》さんのひとりが、マネージャーさんたちにむけてそんなことを言《い》った。

「涼風《すずかぜ》さん、ひとりで片《かた》づけしてるじゃん」

「はあ？　あたしたちだって働《はたら》いてるし」

「どうだか。おまえたちいっつも虎《とら》とか見《み》て騒《さわ》いでるだけじゃん。今《いま》もバスケ部《ぶ》みたいな問題児《もんだいじ》相手《あいて》にきゃーきゃー騒《さわ》いでさ……気《き》が散《ち》るから静《しず》かにしてくれよ……」

どうしよう……すごく雰囲気《ふんいき》が悪《わる》い……。

「あの、これは私《わたし》の仕事《しごと》なので、おかまいなく」

そう言《い》って頭《あたま》をさげて、逃《に》げるようにその場《ば》からはなれた。

私《わたし》が早《はや》く片《かた》づけないから、気《き》を遣《つか》わせてしまった。

部員《ぶいん》さんたちにも、マネージャーの先輩《せんぱい》たちにも気持《きも》ちよくすごしてほしいから、早《はや》く終《お》わらせないと。

少《すこ》しでも、みんなの力《ちから》になれますように……。

「あとで涼風《すずかぜ》さんにあやまっとけよ」

「……なんなの、ムカつく……」

「ほんと涼風《すずかぜ》って邪魔《じゃま》だよね」

「サッカー部《ぶ》からでていってくれないかな……」

「……あ、それだ」

走《はし》りまわっている私《わたし》に、そんな会話《かいわ》が聞《き》こえることはなかった。

居《い》場《ば》所《しょ》

「「「おつかれさまでした！」」」

グラウンドに、部員《ぶいん》さんたちの元気《げんき》な声《こえ》がひびいた。

急《いそ》いで後片《あとかた》づけをしていると先輩《せんぱい》マネージャーさんたちがやってきた。

「涼風《すずかぜ》、いつもみたいに残《のこ》りやっといてね」

「あたしたち帰《かえ》るから。ちゃんとぜんぶ終《お》わらせてから帰《かえ》りなさいよ」

私《わたし》は「はい！　おつかれさまです」と返事《へんじ》をして、先輩《せんぱい》たちに頭《あたま》をさげる。

「言《い》っとくけど……虎《とら》くんにチクったら、ただじゃおかないから」

「……っ、は、はい」

こわい……。

とにかく、私《わたし》も早《はや》く帰《かえ》れるように、急《いそ》いで終《お》わらせよう。

って、今日《きょう》は練習試合《れんしゅうじあい》の結果《けっか》もまとめないといけないから、時間《じかん》がかかりそうだ……。

きょろきょろとあたりを見《み》わたすと、同《おな》じ一年生《ねんせい》のマネージャーさんも帰《かえ》る支度《したく》をしていた。

今日《きょう》も片《かた》づけはひとりかな……よし、嘆《なげ》いていても仕方《しかた》ない、何人分《なんにんぶん》も働《はたら》けばいいだけだ。後《あと》片《かた》づけも、がんばろう……！


ぜんぶ終《お》わって家《いえ》についたのは、夜《よる》の七時《じ》すぎだった。

今日《きょう》もつかれた……がんばったあとは達成感《たっせいかん》があるから心《こころ》はまだまだ元気《げんき》いっぱいだけど、体《からだ》はふらふらだ。ごはんを食《た》べてお風呂《ふろ》にはいったら、すぐに寝《ね》よう……。

今日《きょう》は宿題《しゅくだい》がなくてよかった。

「ただいま」

玄関《げんかん》のとびらをあけて中《なか》にはいると、家《いえ》の中《なか》は真《ま》っ暗《くら》だった。

お父《とう》さんとお母《かあ》さん、今日《きょう》も帰《かえ》ってきてない……。

私《わたし》の両親《りょうしん》はふたりとも仕事《しごと》で忙《いそが》しくて、帰《かえ》ってくるのはいつも夜遅《よるおそ》く。朝《あさ》は私《わたし》のほうが先《さき》に起《お》きて家《いえ》をでるから、会話《かいわ》をすることも、顔《かお》を合《あ》わせることもほとんどない。

昨日作《きのうつく》りおきしたカレーをひとりで食《た》べて、お風呂《ふろ》にはいって、ベッドに横《よこ》になる。

静《しず》かで暗《くら》い部屋《へや》で、そっと目《め》を閉《と》じた。

私《わたし》にとってこの家《いえ》は……居場所《いばしょ》と呼《よ》んでいいのか、わからない。

だけど、私《わたし》にはサッカー部《ぶ》っていう居場所《いばしょ》がある……と、思《おも》いたい。

がんばってみんなのために働《はたら》いたら、きっと認《みと》めてもらえるだろうから……私《わたし》にとってゆいいつの場所《ばしょ》を守《まも》りたかった。

慣《な》れたとはいえ……私《わたし》はひとりが……あんまり好《す》きじゃないから。

「明日《あした》もマネージャーの仕事《しごと》……たくさん、がんばろう……」

ごにょごにょとつぶやきながら、眠《ねむ》りについた。

その日《ひ》は、あんまりおぼえていないけど、すごくいやな夢《ゆめ》を見《み》た。

次《つぎ》の日《ひ》。放課後《ほうかご》になって、サッカー部《ぶ》の練習《れんしゅう》にむかおうとしているときだった。

「陽《よう》」

背後《はいご》から声《こえ》がしてふりかえると、そこには虎《とら》くんがいた。

「あ、虎《とら》く……」

かけよろうとしたけど、虎《とら》くんのまわりにマネージャーさんたちがいることに気《き》づいて足《あし》をとめる。

なんだろう……。

虎《とら》くんも……なんだか、こわい顔《かお》してるような……。

いつも笑顔《えがお》で私《わたし》を見守《みまも》ってくれる虎《とら》くんが、今《いま》は別人《べつじん》のような冷《つめ》たい表情《ひょうじょう》で私《わたし》を見《み》ている。

「ちょっと来《き》て。話《はなし》がある」

話《はなし》……？

「は、はい」

いったいなんの話《はなし》だろう……それに、そんなこわい顔《かお》で……。

緊張《きんちょう》しながら、虎《とら》くんのうしろをついていく。

まわりにいたマネージャーさんたちが、私《わたし》を見《み》てにやにやと笑《わら》っている気《き》がした。

虎《とら》くんがむかった先《さき》は、部室近《ぶしつちか》くの空《あ》き教室《きょうしつ》だった。虎《とら》くんと、一緒《いっしょ》に移動《いどう》してきたマネージャーさんたちと、その教室《きょうしつ》に入《はい》る。

中《なか》には三年生《ねんせい》の部長《ぶちょう》と副部長《ふくぶちょう》もいて、空気《くうき》がひりついている気《き》がした。

どうしよう……私《わたし》、なにかしてしまったのかな……。

虎《とら》くんも部長《ぶちょう》も副部長《ふくぶちょう》も、みんなこわい顔《かお》をしてる……。

緊張《きんちょう》した空気《くうき》に、手《て》が汗《あせ》ばんでいく。

「どうして呼《よ》びだされたか、わかるか？」

最初《さいしょ》に口《くち》をひらいたのは虎《とら》くんで、私《わたし》は正直《しょうじき》に首《くび》を横《よこ》にふった。

「……わかりません」

本当《ほんとう》に……心《こころ》あたりがなにもない。

「陽《よう》、かげでマネージャーたちにいやがらせしてたんだって？」

「……え？」

いやがらせ……？

私《わたし》が……？

いやがらせなんて……そんなこと、したことない……。

それに、相手《あいて》は先輩《せんぱい》だ。私《わたし》が先輩《せんぱい》にいやがらせをするなんて、普通《ふつう》できないと思《おも》うのに……。

「涼風《すずかぜ》さんが、自分《じぶん》は虎《とら》くんのお気《き》にいりだから言《い》うこと聞《き》けって……」

マネージャーさんのひとりが、目《め》に涙《なみだ》をうかべながらそう言《い》った。

……っ、そんなこと、言《い》ったことない……。

「虎《とら》くんが、涼風《すずかぜ》さんと仲《なか》よくしてあげてって言《い》うから、言《い》えなくて……」

「ずっと我慢《がまん》してたけど、もう耐《た》えられないの……」

「仕事《しごと》もぜんぶおしつけられて、裏《うら》では命令《めいれい》されて……涼風《すずかぜ》さんの横暴《おうぼう》をこれ以上《いじょう》見《み》すごせないよ」

どう、なってるんだろう……。

まるで本当《ほんとう》のことみたいに次々《つぎつぎ》と話《はな》すマネージャーさんたちに、言葉《ことば》がでない。

もちろん、ぜんぶうそだ。

先輩《せんぱい》たちに命令《めいれい》したことなんて一度《いちど》もないし、横暴《おうぼう》なことをしたことも、言《い》ったこともない。

「証拠《しょうこ》もあるんだ」

虎《とら》くんはそう言《い》って、机《つくえ》の上《うえ》にたくさんの手紙《てがみ》のようなものを並《なら》べた。

【虎《とら》くんになれなれしくしないで】

【私《わたし》の分《ぶん》までちゃんと仕事《しごと》してよ】

【ちゃんとしないと、虎《とら》くんに言《い》いつけてやるから】

それを見《み》て、言葉《ことば》を失《うしな》った。

「これ、陽《よう》の字《じ》だろ」

虎《とら》くんはそう言《い》うけど、私《わたし》はこんな手紙《てがみ》は書《か》いてない。でも……たしかに私《わたし》の字《じ》に見《み》える。

だれかが私《わたし》のせいにするために、私《わたし》の字《じ》を真似《まね》して書《か》いたのかな……？

マネージャーさんたちのほうを見《み》ると、虎《とら》くんには見《み》えない位置《いち》にいる人《ひと》が、にやりと口角《こうかく》をあげていた。

それを見《み》て、ぞっと背筋《せすじ》がこおる。

そっか……。

マネージャーさんたちは、私《わたし》が邪魔《じゃま》だから……サッカー部《ぶ》から追《お》いだしたくて、きっと……。

「いい加減認《かげんみと》める気《き》になった？」

軽蔑《けいべつ》した目《め》で、私《わたし》を見《み》ている虎《とら》くん。

ちがう……虎《とら》くんには、誤解《ごかい》されたくない……。

だれにきらわれても、信《しん》じてもらえなくても、虎《とら》くんにだけは信《しん》じてほしい……。

私《わたし》にとって虎《とら》くんは、本当《ほんとう》のお兄《にい》ちゃんみたいな存在《そんざい》だから……。

「私《わたし》……身《み》におぼえが、ありません……」

なんとか喉《のど》の奥《おく》から声《こえ》をふりしぼってそう伝《つた》えた。

お願《ねが》い……虎《とら》くん……。

信《しん》じて……。

「これだけ証拠《しょうこ》があるのに、まだ認《みと》めないのか……」

「……っ」

「悪《わる》いけど、いやがらせをするようなやつは、サッカー部《ぶ》にいさせられない」

虎《とら》くんだけじゃなく、部《ぶ》長《ちょう》と副《ふく》部《ぶ》長《ちょう》もきたないものを見《み》るような目《め》で私《わたし》を見《み》ている。

悪意《あくい》をむけられるのがこわくて、体《からだ》がふるえた。

「でていってくれ。今後《こんご》サッカー部《ぶ》には関《かか》わるな」

いつもやさしい虎《とら》くんが、こんな顔《かお》するなんて……。

「はい……わかり、ました」

もう、なにを言《い》っても、きっとダメだ……。

私《わたし》の言葉《ことば》は……だれにも信《しん》じてもらえない。

これ以上《いじょう》ここにいたら、みっともなく泣《な》いてしまいそう……早《はや》く、でていこう……。

「涼風《すずかぜ》さん、謝罪《しゃざい》もしてくれないの……？」

「あ……」

マネージャーさんの言葉《ことば》に、金縛《かなしば》りにあったみたいに足《あし》がとまった。

顔《かお》を見《み》られないように、深《ふか》く頭《あたま》をさげる。

「すみません、でした……」
私《わたし》……どうしてあやまってるんだろう……。
でも……私《わたし》がでていくことで、きっと丸《まる》く収《おさ》まる……。
今度《こんど》こそ虎《とら》くんたちに背中《せなか》をむけて、部屋《へや》をでた。
どうしよう……。
虎《とら》くんにも、きらわれちゃった……。
サッカー部《ぶ》にも……もういられないんだ……。
たったひとつの居場所《いばしょ》が……なくなっちゃった……。

チョコレートの神《かみ》さま

とぼとぼと歩《ある》いてむかった先《さき》は、いつもの花《か》だんだった。
花《はな》に水《みず》をあげながら、瞳《ひとみ》からぽろぽろぽろと涙《なみだ》があふれてくる。
「……っ、ふ、う……」
胸《むね》が、痛《いた》い……。
先輩《せんぱい》たちにうそを言《い》われたことも、かなしかったけど……なにより……。
虎《とら》くんに信《しん》じてもらえなかったことが、いちばん、かなしい……。
『陽《よう》は不器用《ぶきよう》だからな』
『おまえががんばってること、俺《おれ》は知《し》ってるから』
私《わたし》のこと、だれよりも理解《りかい》してくれていた……はずだった。
きっと……私《わたし》に信用《しんよう》がなかったんだ……。
がんばりが、足《た》りなかったのかな……。

考《かん》えれば考《かん》えるほどかなしくて、涙《なみだ》がとまらなくなる。

「――大丈夫《だいじょうぶ》？」

え……？

うしろから声《こえ》が聞《き》こえて、反射的《はんしゃてき》にふりかえる。

そこには――目《め》を疑《うたが》うほど、きれいな男《おとこ》の人《ひと》がいた。

この人《ひと》は……実在《じつざい》する、人《ひと》……？

もしかして、幻覚《げんかく》……？

本気《ほんき》でそう思《おも》うくらい整《ととの》った顔《かお》をしているその人《ひと》に、おどろきすぎて涙《なみだ》がとまる。

「大丈夫《だいじょうぶ》？」

彼《かれ》は私《わたし》を見《み》たまま、もう一度《いちど》そう言《い》った。

じ、実在《じつざい》してる人《ひと》だっ……！

「は、はい、すみません」

あわてすぎて、声《こえ》が裏《うら》がえってしまった。

ネクタイ、青色《あおいろ》だ……虎《とら》くんと同《おな》じ二年生《ねんせい》……。

私《わたし》の学園《がくえん》は、一年生《ねんせい》が赤《あか》、二年生《ねんせい》が青《あお》、三年生《ねんせい》が緑《みどり》のネクタイかリボンをつける規則《きそく》がある。

「あの、あなたは、いったい……」

「……とおりかかっただけ」

とおりすがりで声《こえ》をかけてくれるなんて……。

知《し》らない人《ひと》だけど、心配《しんぱい》してくれているのが伝《つた》わってきて、やさしさがじんわりと心《こころ》にしみわたった。

いい人《ひと》……。

「君《きみ》、いつもここの花《はな》に水《みず》やりしてるよね」

え……？　どうして、それを……。

「こんな日《ひ》もあたらないような場所《ばしょ》なのに、きれいに咲《さ》いてるなって思《おも》って……いつも、見《み》てた」

そう言《い》ってほほえんだ彼《かれ》の顔《かお》は、花《はな》たちと同《おな》じくらいきれいだった。

見《み》てくれる人《ひと》がいたなんて……知《し》らなかった……。

私《わたし》もいつも花《はな》に元気《げんき》をもらっているし、だれかがこの花《はな》を見《み》て、同《おな》じようにしあわせな気持《きも》ちになってくれたらいいなと思《おも》っていたから……すごくうれしい。

「ありがとうございます……花《はな》はきれいですよね」

「俺《おれ》が見《み》てたのは……いや、うん。そうだね」

彼《かれ》の顔《かお》が、ほんのりと赤《あか》くなっているように見《み》えた。

「それより、泣《な》いてたけど本当《ほんとう》に大丈夫《だいじょうぶ》？」

そうだ……みっともないところを見《み》られてしまった……。

私《わたし》は涙《なみだ》をごしごしとふいて、これ以上《いじょう》こぼれないようにぐっと堪《こら》えた。

「はい。ご心配《しんぱい》おかけして、すみません。お気遣《きづか》いありがとうございます」

「大丈夫《だいじょうぶ》ならいいけど……むりしなくていいから」

さらにやさしい言葉《ことば》をかけてくれるその人《ひと》が、神《かみ》さまみたいに見《み》えた。

かなしくて胸《むね》がいっぱいだった私《わたし》に、彼《かれ》の言葉《ことば》はやさしすぎたみたいだ。

「急《きゅう》に声《こえ》かけてごめん。はい、元気《げんき》だして」

え……？

ポケットからとりだしたなにかを、私《わたし》の手《て》に握《にぎ》らせた彼《かれ》。

「あの……」

「じゃあね」

これはなんでしょうかと聞《き》く前《まえ》に、彼《かれ》は去《さ》っていってしまった。

ゆっくりと手《て》のひらをひらくと、でてきたのは個包装《こほうそう》されたチョコレートだった。

わ……これ、おいしいチョコだ……。

心配《しんぱい》してくれた上《うえ》に、チョコレートまでくれるなんて……本当《ほんとう》に、いい人《ひと》……。

今日《きょう》のできごとはすごくかなしかったけど、彼《かれ》みたいなやさしい人《ひと》に出会《であ》えたことで、いやな一日《にち》にならずに済《す》んだ。

心《こころ》が軽《かる》くなった気《き》がする……。

ゆっくりと袋《ふくろ》をあけて、チョコレートを口《くち》に放《ほう》りこんだ。

甘《あま》い……。

口《くち》の中《なか》に甘《あま》さが広《ひろ》がっていくのと同時《どうじ》に、心《こころ》がじんわり温《あたた》かくなる。

次会《つぎあ》ったら……ちゃんとお礼《れい》を言《い》わないと……。

彼《かれ》のやさしさに、堪《こら》えていた涙《なみだ》がまたあふれだして、ごしごしと服《ふく》の袖《そで》でぬぐう。

大丈夫《だいじょうぶ》、世《よ》の中《なか》にはこわい人《ひと》もいれば、彼《かれ》みたいにやさしい人《ひと》もいるから……落《お》ちこんでいないで、前《まえ》むきに、がんばらないと。

ありがとうございます、チョコレートの神《かみ》さま……。

たのみごと？

こんな時間《じかん》に登校《とうこう》するの、久《ひさ》しぶりだな……。

いつもは朝練《あされん》のためにだれよりも早《はや》く登校《とうこう》していたから……変《へん》な気分《きぶん》だ。

昇《のぼ》りきった太陽《たいよう》を見《み》て、もうサッカー部《ぶ》のマネージャーじゃないことを改《あらた》めて実感《じっかん》した。

くよくよしていても仕方《しかた》ないよね……まだ元気《げんき》はでないかもしれないけど、少《すこ》しずつ前《まえ》をむかないと。


学校《がっこう》に着《つ》いて廊下《ろうか》を歩《ある》いているとき、なんだかやけに視線《しせん》を感《かん》じた。

すれちがう人《ひと》みんなが、私《わたし》を見《み》てこそこそ言《い》っている気《き》がする。

自意識過剰《じいしきかじょう》かな……き、気《き》にしないようにしよう。

「涼風《すずかぜ》さん、よく学校《がっこう》に来《こ》られるよね」

席《せき》に着《つ》いたとき、うしろのほうから聞《き》こえた声《こえ》。

え……？　今《いま》、私《わたし》の名前《なまえ》……。

「サッカー部《ぶ》のマネージャーにいやがらせしてたんでしょ？」

もしかして……昨日《きのう》のこと、部以外《ぶいがい》でもウワサになってる……？

「虎先輩《とらせんぱい》の名前使《なまえつか》って好《す》き放題《ほうだい》してたらしいよ」

「サッカー部《ぶ》からきらわれてるんだって」

耳《みみ》がいいからか、みんなの話《はな》す声《こえ》が大《おお》きいからか、どっちかわからないけど会話《かいわ》がぜんぶ聞《き》こえてしまう。

聞《き》きたくない……。

「いっつも無表情《むひょうじょう》でなに考《かんが》えてるかわからないもんね」

「性格悪《せいかくわる》いってウワサ、本当《ほんとう》だったんだ」

どうしよう……こんなふうになるなんて、考《かんが》えてなかった……。

そうだ、サッカー部《ぶ》は人数《にんずう》も多《おお》いし、ウワサもすぐに広《ひろ》がってしまうんだ……。

みんなが私《わたし》を見《み》ている気《き》がして、逃《に》げだしたい気分《きぶん》になった。

「起立《きりつ》、礼《れい》。さようなら」

放課後《ほうかご》のHR《ホームルーム》が終《お》わった瞬間《しゅんかん》に、逃《に》げるように教室《きょうしつ》をでた。

つかれた……。

一日中《いちにちじゅう》どこに行《い》ってもウワサ話《ばなし》が聞《き》こえて、校内《こうない》に私《わたし》のウワサを知《し》らない人《ひと》はいないんじゃないかと思《おも》うくらいだった。

どこに行《い》っても視線《しせん》を感《かん》じるし、ずっとウワサが耳《みみ》にはいってくる。

みんなが私《わたし》をにらんでいる気《き》がして、こわくてたまらなかった。

花《か》だんに水《みず》やりをして、早《はや》く帰《かえ》ろう。

花《はな》に水《みず》をやりながら、一刻《いっこく》も早《はや》くこんな状況《じょうきょう》が終《お》わりますようにと願《ねが》った。

「サッカー部《ぶ》、集《あつ》まれー！」

遠《とお》くから、かすかに聞《き》こえた号令《ごうれい》の声《こえ》。

サッカー部《ぶ》……。

もうそこに、私《わたし》の居場所《いばしょ》はない。

昨日《きのう》まで居場所《いばしょ》だと思《おも》っていた場所《ばしょ》がそうじゃなくなるって、かなしいな……。

「大丈夫《だいじょうぶ》？」

「わっ……！」

あわてて顔《かお》をあげると、そこにいたのはチョコレートの神《かみ》さまだった。

「おどろかせてごめん」

「い、いえ、こちらこそすみません……」

大《おお》きな声《こえ》をだしてしまって、いやな気分《きぶん》にさせたかもしれない……。

「どうして君《きみ》があやまるの？　自分《じぶん》が悪《わる》くないときは、あやまらなくていいんだよ」

心配《しんぱい》そうに私《わたし》を見《み》つめて、やさしくほほえんだ目《め》の前《まえ》の彼《かれ》。

「そんなあやまり方《かた》したら、君《きみ》の心《こころ》が傷《きず》つくから」

その言葉《ことば》が、まっすぐ私《わたし》の心《こころ》にとどいた。

そっか……。

悪《わる》くないときは、あやまらない……。

当然《とうぜん》のことなのに、できていなかったから……昨日《きのう》もあやまってしまったんだ。

たしかに昨日《きのう》……すごく心《こころ》が、傷《きず》ついてしまった。

それでも折《お》れずにいられたのは……目《め》の前《まえ》の、彼《かれ》のおかげだ。

「はい……あ、ありがとうございます」

「うん、自分《じぶん》のこと、大事《だいじ》にしてね」

「は、はい。あの……昨日《きのう》もありがとうございました」

次《つぎ》に会《あ》ったら、ちゃんとお礼《れい》を言《い》いたかったから……言《い》えてよかった。

「ん？」

「励《はげ》まして、くださって……それと、チョコレートもおいしかったです」

「ほんと？　よかった」

またふわりと笑《わら》う彼《かれ》。やっぱり、すごくきれいな人《ひと》……。

「あの、今日《きょう》も花《はな》を見《み》にきてくださったんですか？」

「**いや……君《きみ》に会《あ》いにきた**」

……え？

「君《きみ》にたのみたいことがあるんだ」

私《わたし》にたのみたいこと……？

「俺《おれ》、バスケ部《ぶ》に所属《しょぞく》してるんだけど、人手《ひとで》が足《た》りていなくて……マネージャーになってくれないかな？」
バ、バスケ部《ぶ》？　マネージャー……？
どうしてほぼ初対面《しょたいめん》の私《わたし》にそんなお願《ねが》いをしてくるのか、まったくわからない。

そのくらい、人手不足《ひとでぶそく》っていうことなのかな……？

というか……彼《かれ》は私《わたし》のウワサを……知《し》らないの、かな……？

学年《がくねん》がちがうから……とも思《おも》ったけど、虎《とら》くんは二年生《ねんせい》だし、昨日《きのう》あの場《ば》にいたマネージャーさんもほとんど二年生《ねんせい》だった。だから、二年生《ねんせい》の間《あいだ》でも私《わたし》の悪《わる》いウワサは広《ひろ》まっているはずだ。

でも、知《し》ってたらこんなことはたのんでこないはずだし……ってことは、やっぱり知《し》らないのかな……？

わからないけど……とにかく、断《ことわ》ったほうがいい。

きっとウワサを知《し》ったら、たのむ相手《あいて》をまちがえたって後悔《こうかい》させてしまうだろうから。

「すみません、私《わたし》はマネージャーにはむいてないと思《おも》います」

力《ちから》になれなくて、申《もう》しわけないな……。

「そんなことない。俺《おれ》は君《きみ》にお願《ねが》いしたいんだ」

真剣《しんけん》な目《め》で見《み》つめられて、困《こま》ってしまう。

「ど、どうしてですか……？」

私《わたし》にって……私《わたし》がどんな人間《にんげん》か、この人《ひと》は知《し》らないはずなのに……。

「……この花《か》だん」

彼《かれ》は困《こま》ったように視線《しせん》をそらした後《あと》、花《か》だんを見《み》てそう言《い》った。

「だれも気《き》にしないような花《か》だんの世話《せわ》を、毎日欠《まいにちか》かさずしてただろ。そんな思《おも》いやりのある君《きみ》に、マネージャーになってほしい」

そ、そんな理由《りゆう》で……。

「考《かんが》えてみてくれない……？　お試《ため》しとか、臨時《りんじ》とか……そうだ、二週間《しゅうかん》だけとか……ダメ？」

どうしよう……すごく困《こま》ってそう……。

それに、私《わたし》はいちばん落《お》ちこんでいたときに、彼《かれ》のやさしさにすくわれたんだ。

彼《かれ》が困《こま》っているなら……力《ちから》になりたい……。

「に、二週間《しゅうかん》なら……」

二週間《しゅうかん》というよりは彼《かれ》がウワサを知《し》るまでになると思《おも》うけど、少《すこ》しでも恩《おん》がえしできるならと思《おも》った。

私《わたし》の返事《へんじ》に、安心《あんしん》したようにほほえんだチョコレートの神《かみ》さま。

「ありがとう。本当《ほんとう》にたすかるよ」

まだなにもしてないのにお礼《れい》を言《い》われるなんて……。

「そういえば、自己紹介《じこしょうかい》がまだだった。俺《おれ》の名前《なまえ》は**夜光龍**《やこうりゅう》」

やこう……りゅう？　あっ……！

『ねえ、今一瞬《いまいっしゅん》〝龍《りゅう》さま〟見《み》えたよ……！』

『龍《りゅう》さまってほんとにかっこいいよね……エースでキャプテンだし……』

マネージャーさんたちがいつも話《はな》してた、バスケ部《ぶ》のエースでキャプテンの〝龍《りゅう》さま〟……！

たしかに、現実《げんじつ》ばなれしたかっこよさだから、あれだけ注目《ちゅうもく》を集《あつ》めているのも納得《なっとく》だ……。

衝撃的《しょうげきてき》な事実《じじつ》に、おどろきと納得《なっとく》の気持《きも》ちが半分半分《はんぶんはんぶん》になる。

って、おどろいてる場合《ばあい》じゃない。私《わたし》も自己紹介《じこしょうかい》しなきゃ。

「私《わたし》は、一年《ねん》の涼風陽《すずかぜよう》です」

ぺこりと頭《あたま》をさげると、同《おな》じように頭《あたま》をさげてくれたチョコレートの神《かみ》さま……夜光先輩《やこうせんぱい》。

「これからよろしくね」

本当《ほんとう》に、きれいにほほえむ人《ひと》だな……。

だけど……夜光先輩《やこうせんぱい》がウワサを知《し》ったら、きっともうこの笑顔《えがお》をむけてくれなくなるだろうな……。

『でていってくれ。今後《こんご》サッカー部《ぶ》には関《かか》わるな』

軽蔑《けいべつ》した目《め》で私《わたし》を見《み》る虎《とら》くんの顔《かお》がフラッシュバックした。

龍《りゅう》さん

次《つぎ》の日《ひ》も、かげ口《ぐち》を言《い》われてしまう状況《じょうきょう》はつづいた。

人《ひと》のウワサも七十五日《しちじゅうごにち》とは言《い》うけど、こんな状態《じょうたい》が何十日《なんじゅうにち》もつづいたら、本当《ほんとう》に心《こころ》が折《お》れてしまいそう。

弱気《よわき》になるたびになんとか自分《じぶん》を奮《ふる》いたたせているけど、常《つね》にだれかににらまれている気《き》がして、校内《こうない》にいる間《あいだ》はずっと不安《ふあん》ととなりあわせだった。


ようやく放課後《ほうかご》になって、小《ちい》さく息《いき》をつく。

帰《かえ》ろう……とはいかない。夜光先輩《やこうせんぱい》と昨日《きのう》、約束《やくそく》したから。

『明日《あした》の放課後《ほうかご》からお願《ねが》いしてもいい？』

先輩《せんぱい》にそう言《い》われたけど……どこに行《い》けばいいのか聞《き》くのをわすれてしまった。

バスケ部《ぶ》の活動場所《かつどうばしょ》は、たしか第《だい》一体育館《たいいくかん》のはずだから……とりあえず行《い》ってみよう。

そう思《おも》って立《た》ちあがろうとしたとき、やけに教室《きょうしつ》の外《そと》が騒《さわ》がしいことに気《き》づいた。

「ねえ、どうして一年《ねん》の階《かい》にいるんだろう……⁉」

「あたし実物《じつぶつ》はじめて見《み》た……！　かっこよすぎる……‼」

なんだろう……女《おんな》の子《こ》たちの黄色《きいろ》い声《こえ》が聞《き》こえるような……。

って、や、夜光先輩《やこうせんぱい》……？

声《こえ》が聞《き》こえる方向《ほうこう》を見《み》ると、なにかをさがすようにきょろきょろとまわりを見《み》ている夜光先輩《やこうせんぱい》がいた。

じっと見《み》ていると、先輩《せんぱい》もこっちに気《き》づいた。

視線《しせん》がぶつかった瞬間《しゅんかん》、さがしものを見《み》つけたみたいにほほえんだ先輩《せんぱい》。

「「きゃあー‼」」

すごい……ほ、ほほえむだけで、悲鳴《ひめい》があがってる……。

「龍《りゅう》さまが笑《わら》ってる……！」

「かっこいい……！」

先輩《せんぱい》はまわりの視線《しせん》なんて気《き》にも留《と》めずに、こっちに歩《あゆ》みよってくる。

もしかして……わざわざ教室《きょうしつ》までむかえにきてくれたのかな……？

教室《きょうしつ》にはいってきた夜光先輩《やこうせんぱい》が、私《わたし》の前《まえ》で立《た》ちどまった。

「おつかれさま」

「は、はい、おつかれさまです」

「ごめん、場所《ばしょ》伝《つた》えるのわすれてたから、むかえにきた。見《み》つかってよかった」

何組《なんくみ》かも伝《つた》えていなかったから、さがしてくれたのかもしれない。

やっぱり、なんていい人《ひと》なんだろう……。

「ねえ、なんでバスケ部《ぶ》のキャプテンと涼風《すずかぜ》さんが一緒《いっしょ》にいるの？」

そんな声《こえ》が聞《き》こえて、ぞっとした。

私《わたし》のせいで、夜光先輩《やこうせんぱい》まで悪《わる》く言《い》われてしまう……。

先輩《せんぱい》も、私《わたし》のウワサを知《し》ったら、やっぱりマネージャーの話《はなし》はなかったことにしてって、言《い》うかな……。

早《はや》く教室《きょうしつ》から、逃《に》げだしたい……。

心《こころ》からそう願《ねが》ったとき、クラスメイトの女《おんな》の子《こ》ふたりが夜光先輩《やこうせんぱい》に声《こえ》をかけた。

「あの……夜光先輩《やこうせんぱい》」

この女《おんな》の子《こ》たちは……サッカー部《ぶ》のマネージャーさんだ……。

「涼風《すずかぜ》さんにはよくないウワサが多《おお》いので、一緒《いっしょ》にいないほうがいいですよ」

私《わたし》は、夜光先輩《やこうせんぱい》の反応《はんのう》がこわくて、なにも言《い》いかえせなくて、ただくちびるを噛《か》みしめた。

これで、夜光先輩《やこうせんぱい》にもきらわれてしまう……。

先輩《せんぱい》、なんて言《い》うだろう……。

「……だれ？」

え……？

おそるおそる顔《かお》をあげると、夜光先輩《やこうせんぱい》はいつものやさしい表情《ひょうじょう》ではなく、別人《べつじん》みたいにこわい顔《かお》をして彼女《かのじょ》たちをにらんでいた。

「俺《おれ》に話《はな》しかけてくるな」

「えっ……？」

「あ、あの、先輩《せんぱい》……あたしたちは先輩《せんぱい》のためを思《おも》って……」

「いや、本人《ほんにん》の前《まえ》で平気《へいき》でうそをつくおまえたちのほうが、あきらかに性格悪《せいかくわる》いだろ」

うそ……？

もしかして夜光先輩《やこうせんぱい》は、もうすでに私《わたし》のウワサを知《し》ってる……？

知《し》った上《うえ》で、うそだって思《おも》ってくれているの、かな……？

まさかそんなふうに言《い》ってくれると思《おも》わなくて、おどろきでいっぱいだった。

「う、うそなんかじゃ……」

「俺《おれ》は陽《よう》のことしか信《しん》じない」

先輩《せんぱい》……。

私《わたし》と夜光先輩《やこうせんぱい》は一昨日会《おとといあ》ったばっかりで、先輩《せんぱい》は私《わたし》のこと、知《し》らないはずなのに……どうしてウワサがうそだって、言《い》いきれるんだろう……。

なにもわからないけど、だけど……。

否定《ひてい》してもらえたことが、すごくすごくうれしかった。

夜光先輩《やこうせんぱい》は、まわりにいるクラスメイトたちのほうを見《み》た。

「陽《よう》はバスケ部《ぶ》のマネージャーになった」

え……。

まるで宣言《せんげん》するように言《い》った夜光先輩《やこうせんぱい》の言葉《ことば》に、まわりが一斉《いっせい》にざわつく。

「陽《よう》が少《すこ》しでもいやがることしたら、俺《おれ》が許《ゆる》さないからな」

牽制《けんせい》するような夜光先輩《やこうせんぱい》の発言《はつげん》に、クラスメイトたちが気《き》まずそうにうつむいていた。

「陽《よう》、部活《ぶかつ》行《い》こっか？」

「あ……は、はい」

今日《きょう》も昨日《きのう》もずっと、にらむような視線《しせん》を感《かん》じていたのに……今《いま》はだれも、私《わたし》をにらんでいない。

夜光先輩《やこうせんぱい》……守《まも》って、くれたのかな……。

私《わたし》の手《て》を握《にぎ》って、教室《きょうしつ》からでていく夜光先輩《やこうせんぱい》。

どうしてこの人《ひと》は……こんなにやさしいんだろう……。

学校《がっこう》のどこにいてもずっと視線《しせん》を感《かん》じて、みんなが敵《てき》に見《み》えて……こわくて仕方《しかた》なかったのに……夜光先輩《やこうせんぱい》のそばにいると、恐怖心《きょうふしん》がうすれていく。

守《まも》られているような心強《こころづよ》い気持《きも》ちになって、安心《あんしん》できた。

私《わたし》の手《て》をひっぱって歩《ある》く目《め》の前《まえ》の大《おお》きな背中《せなか》が、なによりもたのもしく見《み》える。

神《かみ》さま……ううん——正義《せいぎ》のヒーローに、見《み》えたんだ。

人影《ひとかげ》がなくなって、夜光先輩《やこうせんぱい》は立《た》ちどまった。

ゆっくりと手《て》をはなして私《わたし》のほうを見《み》た先輩《せんぱい》は、なぜか申《もう》しわけなさそうな表情《ひょうじょう》をしていた。

「ごめん、許可《きょか》もなしに手握《てにぎ》ったりして……」

そ、そんなことであやまるなんて……。

たすけてくれたから、夜光先輩《やこうせんぱい》には感謝《かんしゃ》しかないのに……。

私《わたし》は先輩《せんぱい》のほうをむいて、ぶんぶんと首《くび》を横《よこ》にふった。

「あんなふうに言《い》ってもらえて、うれしかったです」

はっきりと否定《ひてい》してもらえて……私《わたし》の中《なか》の行《い》き場《ば》のない気持《きも》ちがぜんぶ、すくわれたような気《き》がした。

「俺《おれ》のほうこそ、ありがとう」

なんのお礼《れい》かわからなくて首《くび》をかしげると、先輩《せんぱい》はまっすぐ私《わたし》を見《み》た。

「なにか言《い》われたら、いつでも俺《おれ》に言《い》って。俺《おれ》は絶対《ぜったい》に涼風《すずかぜ》さんの味方《みかた》だから」

真剣《しんけん》な瞳《ひとみ》に、どきっと心臓《しんぞう》が高鳴《たかな》る。

どうしてそんなふうに言《い》ってくれるのかはわからない。

さっきからわからないことだらけだけど、信《しん》じてくれる人《ひと》がいるって、しあわせなことだな……。

それに、先輩《せんぱい》……さっき私《わたし》のこと、「陽《よう》」って呼《よ》んでくれてた。

「あの、名前《なまえ》……」

「あ、呼《よ》び捨《す》てで呼《よ》んでごめん……バスケ部《ぶ》の仲間《なかま》だって、まわりにわからせたくて……」

守《まも》るために、そう呼《よ》んでくれていたのかな……？

先輩《せんぱい》は……どこまでいい人《ひと》なんだろう。

見《み》ず知《し》らずの私《わたし》にここまでしてくれるなんて、やっぱり神《かみ》さまみたいな人《ひと》だ。

「あのさ……さっきはとっさだったけど、これからも陽《よう》って呼《よ》んでもいい？」

少《すこ》しくすぐったい気持《きも》ちになったけど、名前《なまえ》で呼《よ》ばれるのはうれしい。

「は、はい」

「ありがと。俺《おれ》のことも、龍《りゅう》って呼《よ》んで」

わ、私《わたし》が呼《よ》び捨《す》てにするのは……後輩《こうはい》だし、ちょっとハードルが高《たか》いかもしれない……。

「えっと……龍《りゅう》、さん」

「うん、今《いま》はさんづけでいいや」

私《わたし》の返事《へんじ》に、満足《まんぞく》げにほほえんだ夜光先輩《やこうせんぱい》……じゃなくて、龍《りゅう》さん。

「それじゃあ、行《い》こっか。バスケ部《ぶ》に案内《あんない》する」

少《すこ》しでも力《ちから》になれるように……バスケ部《ぶ》のマネージャーとして、精《せい》いっぱいがんばろう。

「はい」

この恩《おん》を、ちゃんと行動《こうどう》でかえしたいっ……。

はじめまして

龍《りゅう》さんがまず連《つ》れてきてくれたのは、バスケ部《ぶ》の部室《ぶしつ》だった。

部室《ぶしつ》の中《なか》には衝撃《しょうげき》の光景《こうけい》がひろがっていて、ぽかんと口《くち》がまぬけにひらいた。

こ、これは……。

「着替《きが》えるとこ部室《ぶしつ》しかないんだけど、鍵《かぎ》かかるからほかの部員《ぶいん》がいないときに自由《じゆう》に使《つか》ってね」

き、汚《きたな》すぎるっ……。

汚《きたな》いという言《い》い方《かた》は失礼《しつれい》かもしれないけど、あまりにも散《ち》らかった室内《しつない》。

バスケットボールやユニフォームはまだしも、お菓子《かし》のゴミもたくさんある。

「ちょっと散《ち》らかってるけど、気《き》にしないで」

き、気《き》になる……。

「陽《よう》のロッカーはここ。鍵《かぎ》はこれ」

龍《りゅう》さんがくれた鍵《かぎ》には、バスケットボールのキーホルダーがついていた。

かわいい……二週間《しゅうかん》、大事《だいじ》に持《も》っておかないと。

「ひとまず、体操服《たいそうふく》に着替《きが》える？」

「はい」

「それじゃあ俺《おれ》は外《そと》で待《ま》ってるから、着替《きが》え終《お》わったらでてきて」

急《いそ》いで体操服《たいそうふく》に着替《きが》えて、龍《りゅう》さんと一緒《いっしょ》に体育館《たいいくかん》にむかった。

「今日《きょう》はめずらしく全員《ぜんいん》そろってるから、紹介《しょうかい》させて」

めずらしくってことは……全員《ぜんいん》がそろうことはめったにないのかな？

バスケ部《ぶ》の事情《じじょう》はいっさいわからないけど、ひとつだけ不安《ふあん》なことがある。

「あの……私《わたし》、大丈夫《だいじょうぶ》でしょうか」

「ん？」

「急《きゅう》にマネージャーがはいったら、バスケ部《ぶ》のみなさんがいやがるんじゃないかと思《おも》って……」

龍《りゅう》さんが声《こえ》をかけてくれたとはいえ、ほかの部員《ぶいん》さんたちは、私《わたし》がマネージャーになることをよく思《おも》ってないんじゃないかな……。

ウワサはとどいているだろうし、サッカー部《ぶ》をめちゃくちゃにしたって言《い》われているみたいだから、そんな人間《にんげん》が自分《じぶん》たちの部《ぶ》にはいってくるなんて、こわいと思《おも》う……。

私《わたし》が逆《ぎゃく》の立場《たちば》でも、不安《ふあん》に思《おも》ってしまうだろうし……。

「大丈夫《だいじょうぶ》。個性《こせい》が強《つよ》すぎるかもしれないけど……みんないいやつらだよ。ただ……女子《じょし》が苦手《にがて》なやつが何人《なんにん》かいるから、なにか言《い》われたらすぐに俺《おれ》に言《い》って。ちゃんと注意《ちゅうい》するから」

龍《りゅう》さんはそう言《い》って、私《わたし》の頭《あたま》をやさしくなでた。

「陽《よう》のことは、俺《おれ》が絶対《ぜったい》に守《まも》るから」

龍《りゅう》さんがあまりにもきれいにほほえんでくれるから、どきっと、心臓《しんぞう》がはねあがる。

なんだか……王子《おうじ》さま、みたい……。

って、な、なにを考《かんが》えてるんだろうっ……。

自分《じぶん》の考《かんが》えが恥《は》ずかしくなって、顔《かお》がかあああっと熱《あつ》くなる。

「あ、ありがとうございます」

「俺《おれ》のほうこそ、マネージャーひきうけてくれてありがとう」

龍《りゅう》さんは、本当《ほんとう》にいい人《ひと》……。

でも……どうしてここまでよくしてくれるんだろう……。

だれにでもやさしい人《ひと》なのかな？　うん、きっとそうだ……龍《りゅう》さんは神《かみ》さまみたいな人《ひと》だから。

「それじゃあ、はいろっか」

体育館《たいいくかん》のとびらをあけた龍《りゅう》さん。小《ちい》さく深呼吸《しんこきゅう》をして、私《わたし》も中《なか》にはいった。

広《ひろ》い体育館《たいいくかん》の中《なか》には、四人《よにん》の人《ひと》がいた。

四人《よにん》ともこっちをむいて、おどろいた顔《かお》をしている。

「うわ！　ほんとに来《き》た！」

真《ま》っ先《さき》に声《こえ》をあげたのは、クリームベージュの髪色《かみいろ》をした男《おとこ》の人《ひと》。

同級生《どうきゅうせい》ではなさそう……先輩《せんぱい》かな……？

彼《かれ》はどしどしと近《ちか》づいてきて、ぐいっと顔《かお》を近《ちか》づけてきた。

おどろいて、思《おも》わず一歩《いっぽ》あとずさる。

き、きれいなお顔《かお》……。

真《ま》っ白《しろ》な肌《はだ》に、目《め》の色《いろ》も髪《かみ》と同《おな》じ、薄《うす》いベージュ。お人形《にんぎょう》さんみたいにきれいなお顔《かお》だけど、

身長《しんちょう》は高《たか》くて体格《たいかく》もがっしりしている。

髪《かみ》は少《すこ》し長《なが》めで、うしろでくくっていた。

まじまじと私《わたし》を見《み》つめる彼《かれ》にどうしていいかわからず困《こま》っていると、龍《りゅう》さんが彼《かれ》をひきはなしてくれた。

「京《けい》、陽《よう》がこわがってるだろ」

「あ、ごめんごめん～。あんまりにもかわいいから見惚《みと》れちゃった～」

「マ、マネージャーがはいるって、本当《ほんとう》だったんだね……」

「まじか……」

「……」

うしろの三人《にん》の部員《ぶいん》さんたちも、まるで宇宙人《うちゅうじん》を見《み》るような目《め》で私《わたし》を見《み》ている。

それぞれちがう反応《はんのう》だけど、ひとつだけ言《い》えるのは、歓迎《かんげい》されている空気《くうき》ではないということ。

見《み》さだめられてるように感《かん》じる……。

「昨日説明《きのうせつめい》したとおり、今日《きょう》から臨時《りんじ》でマネージャーをしてくれる子《こ》だ。ひとりずつ自己紹介《じこしょうかい》してくれ」

龍《りゅう》さんが、部員《ぶいん》さんたちにそう言《い》ってくれた。

「は～い。俺《おれ》の名前《なまえ》は**千草京**《ちぐさけい》。二年《ねん》だよ。これからよろしくね」

顔《かお》を近《ちか》づけてきた人《ひと》は、やっぱり先輩《せんぱい》だった。二年生《ねんせい》……龍《りゅう》さんと一緒《いっしょ》だ。

「……残念《ざんねん》。見《み》た目《め》だけだったら、めちゃくちゃタイプなんだけどなぁ……」

ぼそっと、千草先輩《ちぐさせんぱい》がなにか言《い》った気《き》がしたけど聞《き》きとれなかった。

「あ……ぼ、僕《ぼく》は、**三鷹影**《みたかえい》です。二年《ねん》です」

身長《しんちょう》……た、高《たか》い……。

一七五センチ以上《いじょう》はありそうな高身長《こうしんちょう》。体格《たいかく》のよさとは反対《はんたい》に、声《こえ》はすごく小《ちい》さい。

温厚《おんこう》そうな人《ひと》……。

髪《かみ》は真《ま》っ黒《くろ》で、少《すこ》しパーマがかかってる。メガネをしているから、顔《かお》はあんまりよく見《み》えない。

「はぁ……俺《おれ》の名前《なまえ》は**白世壱**《しろせいち》。おまえと同《おな》じ一年《ねん》」

めんどくさそうにため息《いき》をついてからそう言《い》ったのは、金髪《きんぱつ》の人《ひと》。

短髪《たんぱつ》で、前髪《まえがみ》はゴムでくくってあげている。

今《いま》、おまえと同《おな》じって言《い》った……。

龍《りゅう》さんが私《わたし》のことを事前《じぜん》に伝《つた》えてくれたのか、それとも……やっぱり、ウワサを知《し》っているのかもしれない……。

彼《かれ》の私《わたし》を見《み》る目《め》は冷《つめ》たくて、いやそうにしているのがひと目《め》でわかった。

一番奥《いちばんおく》にいるもうひとりの部員《ぶいん》さんも、同《おな》じような目《め》で私《わたし》を見《み》ている。

「……」

「宮《みや》、自己紹介《じこしょうかい》」

なにも言《い》わない彼《かれ》に、龍《りゅう》さんが急《せ》かすように声《こえ》をかけた。

その声《こえ》は低《ひく》くて、呼《よ》ばれた彼《かれ》も怒《おこ》られたあとみたいに動揺《どうよう》している。

「……**黒世宮**《くろせみや》」

「宮《みや》も陽《よう》と同《おな》じ一年《ねん》だから」

補足《ほそく》するように、龍《りゅう》さんが説明《せつめい》してくれた。

青《あお》に近《ちか》い黒色《くろいろ》の髪《かみ》に、アーモンド形《がた》の瞳《ひとみ》。なんだか少《すこ》し、猫《ねこ》みたいな人《ひと》……。

「涼風陽《すずかぜよう》です。よろしくお願《ねが》いします」

私《わたし》も自己紹介《じこしょうかい》しないとと思《おも》って、頭《あたま》をさげた。

「やっぱり、ウワサの……」

「サッカー部《ぶ》のやつじゃん……」

頭《あたま》をあげようとしたとき、白世《しろせ》さんと黒世《くろせ》さんの声《こえ》が聞《き》こえて体《からだ》がこわばる。

「壱《いち》、宮《みや》」

さっき教室《きょうしつ》で聞《き》いた声《こえ》と同《おな》じくらい、龍《りゅう》さんが低《ひく》い声《こえ》をだした。

おそるおそる頭《あたま》をあげると、龍《りゅう》さんは白世《しろせ》さんと黒世《くろせ》さんを怒《おこ》るようににらんでいた。

「マネージャーがはいること、昨日全員了承《きのうぜんいんりょうしょう》してくれたよな？　今日《きょう》から陽《よう》はバスケ部《ぶ》の仲間《なかま》だ。

わかった？」

「は、はいっす」

「……はい」

かばってもらってしまった……。

『陽《よう》のことは、俺《おれ》が絶対《ぜったい》に守《まも》るから』

さっきの言葉《ことば》を思《おも》いだして、じんわりと胸《むね》の奥《おく》が温《あたた》かくなる。

龍《りゅう》さんの存在《そんざい》が、すごく心強《こころづよ》い……。

「おい宮《みや》、おまえのせいでキャプテンに怒《おこ》られただろ……！」

「おまえのせいだろ……！」

白世《しろせ》さんと黒世《くろせ》さんは、こそこそと文句《もんく》を言《い》いあっている。

仲《なか》がいいのだと思《おも》っていたけど……そういうわけでもない、のかな……？

千草先輩《ちぐさせんぱい》が、ふたりを見《み》てやれやれと首《くび》をふっている。

「ふたりは悪友《あくゆう》コンビみたいなものだから気《き》にしないで。口喧嘩《くちげんか》はいつものことだから。ね？」

私《わたし》に気《き》を遣《つか》ってくれているのか、千草先輩《ちぐさせんぱい》の言葉《ことば》にぺこりと頭《あたま》をさげた。

「ありがとうございます、千草先輩《ちぐさせんぱい》」

「えー！　苗字《みょうじ》呼《よ》びとかやめてよ水《みず》くさい～！　京《けい》くんでいいよ！」

な、名前《なまえ》呼《よ》び……？

「それはちょっと……」

「苗字《みょうじ》で呼《よ》ばれるとなんかぞわぞわするし、下《した》の名前《なまえ》のほうが呼《よ》ばれなれてるし！」

抵抗《ていこう》があったけど、断《ことわ》るのも失礼《しつれい》なのかな……。

「け、京先輩《けいせんぱい》……」

「ふふっ、京《けい》って呼《よ》び捨《す》てでもいいからね～！　みんな名前《なまえ》で呼《よ》びあってるから、全員名前《ぜんいんなまえ》で呼《よ》んでね！」

い、いいのかな……。

「それともうひとり、今《いま》は来《き》てないんだけど二年《ねん》の部員《ぶいん》がいるから、今度紹介《こんどしょうかい》する」

ということは……龍《りゅう》さんと京先輩《けいせんぱい》と影先輩《えいせんぱい》と、壱《いち》さんと宮《みや》さんともうひとりの二年生《ねんせい》……部員《ぶいん》数《すう》は、合計《ごうけい》六人《にん》ってことかな。二年生《ねんせい》が四人《よにん》と、一年生《ねんせい》がふたり。

たしか、部活動《ぶかつどう》の最低人数《さいていにんずう》は五人《にん》のはずだから、ぎりぎり規定《きてい》のラインだ。

「二週間《しゅうかん》よろしくね、陽《よう》ちゃん」

にっこりとほほえんでくれる京先輩《けいせんぱい》。

「はい、短《みじか》い間《あいだ》ではありますが、よろしくお願《ねが》いします」

「ちっ……マネージャーとか必要《ひつよう》ねーのに……」

改《あらた》めてもう一度《いちど》あいさつをすると、宮《みや》さんの舌打《したう》ちが聞《き》こえた。

「宮《みや》」

「……す、すみません……」

また龍《りゅう》さんにたすけてもらった……。

みなさん自由《じゆう》な感《かん》じはするけど、龍《りゅう》さんの言《い》うことはちゃんと聞《き》くのかな……。

キャプテンとして、みんなに慕《した》われているのが伝《つた》わってきた。

「陽《よう》、ごめんね」

「い、いえ、こちらこそすみません」

「ううん、あやまらないで。昨日《きのう》も言《い》ったけど、自分《じぶん》が悪《わる》くないときはあやまらなくていいんだから」

とびきりやさしい声《こえ》でそう言《い》ってくれる龍《りゅう》さんに、「はい」と返事《へんじ》をする。

「それじゃあ、今日《きょう》からよろしく」

二週間《しゅうかん》……短《みじか》い間《あいだ》ではあるけど、精《せい》いっぱいがんばるぞ……！

バスケ部《ぶ》

「……で、ここが倉庫《そうこ》で、どこになにがはいってるかはここに書《か》いてある」

龍《りゅう》さんが体育館《たいいくかん》の案内《あんない》をしてくれて、ぜんぶメモをとっていく。

「案内《あんない》はこのくらいか……。それじゃあ、次《つぎ》は仕事内容《しごとないよう》についてなんだけど……マネージャーの仕事《しごと》については、俺《おれ》よりも影《えい》のほうが詳《くわ》しいから、影《えい》に説明《せつめい》をお願《ねが》いしてもいい？」

影先輩《えいせんぱい》……メガネをかけている、温厚《おんこう》そうな二年生《ねんせい》。

「はい」

こくりとうなずくと、龍《りゅう》さんは「ありがとう」と言《い》って部員《ぶいん》さんたちのほうを見《み》た。

「影《えい》、陽《よう》にマネージャーの仕事教《しごとおし》えてあげてほしい」

「は、はい、わかりました！」

「ちょっと待《ま》ってください龍《りゅう》さん、俺《おれ》も一緒《いっしょ》に説明《せつめい》します」

影先輩《えいせんぱい》と一緒《いっしょ》に、壱《いち》さんも走《はし》ってきた。

「影《えい》さん女子苦手《じょしにがて》なんで、ふたりはかわいそうっすから」

さっきの、龍《りゅう》さんの言葉《ことば》を思《おも》いだした。

『ただ……女子《じょし》が苦手《にがて》なやつが何人《なんにん》かいるから、なにか言《い》われたらすぐに俺《おれ》に言《い》って。ちゃんと注意《ちゅうい》するから』

あれは……影先輩《えいせんぱい》のことだったのかな……。

少《すこ》しでもいやな気持《きも》ちにさせないように、影先輩《えいせんぱい》といるときの立《た》ちふるまいには気《き》をつけよう。

壱《いち》さんを見《み》て、龍《りゅう》さんが一瞬表情《いっしゅんひょうじょう》を曇《くも》らせた。

「……わかった。ただし、陽《よう》には絶対《ぜったい》やさしくするように」

「はいっす！」

こっちに来《き》てくれたおふたりに、「よろしくお願《ねが》いします」と頭《あたま》をさげた。

「それじゃあ陽《よう》、なにかあったら俺《おれ》に言《い》って」

やさしくそう言《い》ってくれた龍《りゅう》さんが、体育館《たいいくかん》のコートのほうに歩《ある》いていった。

影先輩《えいせんぱい》と壱《いち》さん……これ以上《いじょう》きらわれないように、態度《たいど》には気《き》をつけないと……。

「あ、えっと……ぼ、僕《ぼく》は、みんなとちがってもともとマネージャーとしてはいったから……部《ぶ》員《いん》っていうより、マネージャーに近《ちか》いんだ」

そうだったんだ……。

「だから、マネージャーの仕事《しごと》でわからないことがあったら、な、なんでも聞《き》いてね」

ぎこちなくほほえんでいる影先輩《えいせんぱい》を見《み》て、やっぱりこの人《ひと》はやさしい人《ひと》なんだと思《おも》った。

「ありがとうございます」

「おまえ……じゃなくて、涼風《すずかぜ》だっけ。バスケのルールわかるのか？」

「すみません。じつは、全然《ぜんぜん》わからなくて……」

バスケについては、初歩的《しょほてき》なルールさえも知《し》らない……。

ただ……昔一度《むかしいちど》だけバスケにふれたことがあった。

近所《きんじょ》にいた、ひとつ年上《としうえ》のお兄《にい》さんがバスケをしていたから。

私《わたし》がひっこししてしまって、会《あ》えなくなったけど……。

「なんだよ、ルールも知《し》らないのかよ」

あきれたようにため息《いき》をついた壱《いち》さん。

そうだよね……マネージャーになるのに、ルールも知《し》らないなんて情《なさ》けない……。

今日帰《きょうかえ》ったら、すぐにバスケについて勉強《べんきょう》しよう。

「壱《いち》くん、そんな言《い》い方《かた》はっ……えっと、今日《きょう》は雑用《ざつよう》を中心《ちゅうしん》にお願《ねが》いするね……！」

「影《えい》さんがやさしすぎるんですよ。ちっ……バスケ部《ぶ》について、かんたんにだけ説明《せつめい》すんぞ。まず、一日《にち》のスケジュールは日《ひ》によってばらばらだ。べつに決《き》まってない」

え……！

サッカー部《ぶ》ではなにをするか曜日《ようび》ごとに細《こま》かく決《き》まっていたから、おどろいた。

部活《ぶかつ》によって、完全《かんぜん》にばらばらなんだな……。

「好《す》きな時間《じかん》に休憩《きゅうけい》とっていいし、用事《ようじ》があったら好《す》きな時間《じかん》に帰《かえ》る。強制参加《きょうせいさんか》の日《ひ》もない」

なるほど……自由《じゆう》な方針《ほうしん》なんだ。サッカー部《ぶ》は上下関係《じょうげかんけい》も厳《きび》しかったし、あまりに規則《きそく》が厳《きび》しくて心配《しんぱい》になることもあったから……すごくいい方針《ほうしん》だと思《おも》う。

「マネージャーの仕事《しごと》も……特《とく》にはないな」

仕事《しごと》が、特《とく》にない……？

「うん、そうだね……」

影先輩《えいせんぱい》も同意《どうい》するように、あははと笑《わら》っている。

「手空《てあ》いてるやつが片《かた》づけたりスコアシート書《か》いたりだし、決《き》まったルールもない」

「あの、洗濯《せんたく》とかは……？」

「洗濯《せんたく》もべつにしないよ。各自家《かくじいえ》でユニフォーム洗《あら》ってくるから、あんまり洗濯機《せんたくき》も使《つか》わないかな」

「準備《じゅんび》と片《かた》づけの段《だん》どりだけとりあえず教《おし》えたらいいんじゃないっすか」

「う、うん、そうだね」

ふたりが説明《せつめい》してくれて、わすれないようにぜんぶメモに書《か》いていく。

日誌《にっし》とスコアシート……サッカー部《ぶ》でも書《か》いていたから、このふたつはすぐにできそうだ。

「……」

書《か》きわすれがないかメモを確認《かくにん》している私《わたし》を、影先輩《えいせんぱい》がじっと見《み》ていることに気《き》づいた。

「あの、影先輩《えいせんぱい》……？」

「あ、いや……な、なんでもないです」

すぐに視線《しせん》をそらした先輩《せんぱい》。

「……意外《いがい》っすよね」

「う、うん……メモとったりするタイプじゃないと思《おも》ってた……」

「多分俺《たぶんおれ》らにいい印象《いんしょう》を与《あた》えようとしてるんですよ。だまされないでください」

となりにいる壱《いち》さんとこそこそ話《はな》している。

いいことではないだろうから、気《き》にしないようにしよう……。

「そ、それじゃあ、説明《せつめい》はこのくらいかな。な、なにかわからないところはあった……？」

「いえ、大丈夫《だいじょうぶ》です」

「そ、そっか。それじゃあ……もう説明《せつめい》は終《お》わったから、壱《いち》くんも練習《れんしゅう》にもどっていいよ」

「でも……」

なにか言《い》いたげな視線《しせん》……あ……私《わたし》と影先輩《えいせんぱい》をふたりにさせるのが心配《しんぱい》ってことかな？

影先輩《えいせんぱい》は女子《じょし》が苦手《にがて》と言《い》っていたし、相手《あいて》は悪《わる》いウワサしかない私《わたし》だ……。

「ぼ、僕《ぼく》は大丈夫《だいじょうぶ》だから」

「それならいいっすけど……その女《おんな》になにかされたらすぐに俺《おれ》を呼《よ》んでくださいっす」

わ、私《わたし》、完全《かんぜん》に悪人《あくにん》だと思《おも》われてる……。

壱《いち》さんが練習《れんしゅう》に行《い》って、影先輩《えいせんぱい》とふたりになった。

「そ、それじゃあ涼風《すずかぜ》さんは、僕《ぼく》とボールみがきをお願《ねが》いしてもいいかな……？　今日《きょう》は用具《ようぐ》のメンテナンスをしたいから」

「はい」

マネージャーとしての初仕事《はつしごと》……がんばろう……！

きらわれ者《もの》

倉庫《そうこ》のボールカゴをだして、影先輩《えいせんぱい》とひたすらボールをみがいていく。

「京《けい》、ワンテンポ早《はや》い」

龍《りゅう》さんの声《こえ》が聞《き》こえて、ボールをみがきながら視線《しせん》をむけた。

シュートの練習《れんしゅう》をしているのかな……？

「宮《みや》はコントロールはいいけど体力不足《たいりょくぶそく》だから、うまくなりたいならもっとスタミナトレーニングにふったほうがいい」

「はい！」

「壱《いち》はセンスがあるのに基礎《きそ》が粗《あら》いから、もっとハンドリング練《れん》の時間増《じかんふ》やしたほうがいい」

「はいっす！」

いいところを褒《ほ》めつつ、弱点《じゃくてん》についてもアドバイスしてる……。

きっとみなさんにとっても、たのもしいキャプテンなんだろうな……。

そんなことを思《おも》っていると、ボールをみがいている雑巾《ぞうきん》が真《ま》っ黒《くろ》になっていることに気《き》づいた。

「私《わたし》、雑巾洗《ぞうきんあら》ってきます」

体育館《たいいくかん》の外《そと》にある水道《すいどう》で、汚《よご》れてしまった雑巾《ぞうきん》をごしごしと洗《あら》う。

「ねえ、見《み》つかったら怒《おこ》られるよ」

ん……？

はなれたところから、女《おんな》の子《こ》の声《こえ》が聞《き》こえた。

「こっそり見《み》るだけだから……！」

体育館《たいいくかん》のとびらのすきまから、中《なか》を覗《のぞ》こうとしている女《おんな》の子《こ》たち。

こっちには気《き》づいていないのか、中《なか》を見《み》ることに必死《ひっし》みたいだ。

「バスケ部《ぶ》の練習《れんしゅう》、一回《いっかい》だけでいいから見《み》てみたいんだよね」

そういえば……バスケ部《ぶ》は大人気《だいにんき》だって、サッカー部《ぶ》のマネージャーさんたちも話《はな》してた……。

「今日《きょう》は全員《ぜんいん》そろってるらしいよ……！」

「でも、**皇《こう》さま**は不在《ふざい》でしょ？」

皇《こう》さま……？　それって……龍《りゅう》さんが言《い》っていた、来《き》ていない人《ひと》のことかな？

「あたし、壱《いち》くんが気《き》になってるんだ〜」

「かっこいいよね～！　同《おな》じクラスの男子《だんし》が、たよりになるって話《はな》してたし！　ちょっと悪《わる》そうなところもすてき……！」

「あたしは宮《みや》くん！　クールな感《かん》じがたまんない……！　つんつんしすぎてて近《ちか》づけないけど、頭《あたま》もいいし、かわいいしかっこいいよね……！」

「京《けい》さまもすてき～！　京《けい》さまは女《おんな》の子《こ》とも話《はな》してくれるけど、恋人《こいびと》は作《つく》らないって有名《ゆうめい》だよね……でも、あのちょっと危《あぶ》ないオーラに惹《ひ》かれちゃう……！」

バスケ部《ぶ》のみなさんの話《はなし》で盛《も》りあがっている女《おんな》の子《こ》たち。

その会話《かいわ》を聞《き》いて、改《あらた》めてバスケ部《ぶ》の人気《にんき》を思《おも》い知《し》った。

「だけど、いちばんは、龍《りゅう》さまだよね～！」

「うん！　龍《りゅう》さまは圧倒的王様《あっとうてきおうさま》って感《かん》じ……！」

「一度《いちど》でいいから話《はな》してみたい……」

やっぱり、龍《りゅう》さんはすごく人気《にんき》なんだな……。

あんなにかっこいいしやさしい人《ひと》だから、人気《にんき》なのもうなずける。

「あ、あの、バスケ部《ぶ》は見学禁止《けんがくきんし》なので……」

あれ……？

いつのまにかうしろにいた影先輩《えいせんぱい》が、女《おんな》の子《こ》たちにむかって注意《ちゅうい》したのが聞《き》こえた。

「げっ……バレた」

「あれ……バスケ部《ぶ》の三鷹影《みたかえい》じゃん」

「ああ、バスケ部《ぶ》でひとりだけかっこよくない部員《ぶいん》がいるって聞《き》いたけど……すっごい地味《じみ》」

「行《い》こ」

逃《に》げるように、去《さ》っていった女《おんな》の子《こ》たち。

ひとりだけかっこよくない部員《ぶいん》って……ひどい……。

影先輩《えいせんぱい》のほうを見《み》ると、顔《かお》を真《ま》っ青《さお》にしてふるえていた。

「こ、こわかった……」

さっき女《おんな》の子《こ》が苦手《にがて》だって言《い》っていたけど……こんなにふるえるくらい苦手《にがて》だったなんて……。

「大丈夫《だいじょうぶ》ですか？」

「う、うん、ああいう人《ひと》、よくいるから……」

影先輩《えいせんぱい》はひきつった笑《え》みをうかべた。

「ぼ、僕《ぼく》はバスケ部《ぶ》のお荷物《にもつ》みたいな存在《そんざい》だから、暴言《ぼうげん》を吐《は》かれることとかもあって……毎回《まいかい》びくびくしてるんだ……あはは」

そんな……ひどい。

「お荷物《にもつ》なんかじゃないと思《おも》います」

「ご、ごめんね、気《き》を遣《つか》わせて……」

影先輩《えいせんぱい》は、申《もう》しわけなさそうに苦笑《にがわら》いしていた。

「気《き》を遣《つか》ってるわけじゃありません。影先輩《えいせんぱい》はやさしくていい人《ひと》です。私《わたし》はすてきだと思《おも》います」

今日《きょう》、バスケ部《ぶ》の人《ひと》たちがこわかったけど……影先輩《えいせんぱい》はやさしくしてくれて、すごく安心《あんしん》したんだ。

初対面《しょたいめん》の人《ひと》にこんなに親切《しんせつ》にできる人《ひと》は、とてもすてきだと思《おも》う。

「涼風《すずかぜ》さん……」

私《わたし》を見《み》て、きゅっと下《した》くちびるを噛《か》みしめた影先輩《えいせんぱい》。

「あ、ありがとうっ……えへへ」

てれくさそうに笑《わら》っている姿《すがた》が、なんだか幼《おさな》く見《み》えた。

影先輩《えいせんぱい》って、すごく大《おお》きいけど……かわいらしい人《ひと》だな。

「陽《よう》、影《えい》」

odidos

体育館《たいいくかん》のとびらがひらいて、龍《りゅう》さんがあらわれた。

「そろそろ休憩《きゅうけい》とってね」

「は、はい！」

影先輩《えいせんぱい》は大《おお》きく返事《へんじ》をしてから、京先輩《けいせんぱい》たちのいる体育館《たいいくかん》の中《なか》へ走《はし》っていった。

「陽《よう》、おつかれさま」

「龍《りゅう》さんもおつかれさまです」

「話《はな》しこんでたみたいだけど……影《えい》に、なにか言《い》われた？」

心配《しんぱい》してくれてるのかな……やっぱり、やさしい。

「い、いえ。影先輩《えいせんぱい》はすごくやさしくていねいに教《おし》えてくださってます」

「そっか、ならよかった」

龍《りゅう》さんはいつものようににこりとほほえんで、私《わたし》の頭《あたま》をなでてくれた。

「キャプテンが、笑《わら》ってる……」

「え……マジだ……」

壱《いち》さんと京先輩《けいせんぱい》が、目《め》をまんまると見《み》ひらいてこっちを見《み》ていた。

影先輩《えいせんぱい》と宮《みや》さんも、ありえないものを見《み》るみたいに龍《りゅう》さんを見《み》ている。

笑《わら》ってるから、おどろいてるのかな……？

まるで龍《りゅう》さんが、いつも笑《わら》わない人《ひと》みたいな反応《はんのう》……。

「俺《おれ》、部活動《ぶかつどう》の会議《かいぎ》があるからちょっと抜《ぬ》けるけど、すぐにもどってくるから」

龍《りゅう》さんはみなさんの視線《しせん》に気《き》づいていないのか、そのままぽんっと頭《あたま》をたたいて何事《なにごと》もなかったように行《い》ってしまった。

驚愕《きょうがく》しているみなさんの中《なか》に残《のこ》されて、気《き》まずい空気《くうき》になる。

「なあ、おまえ龍《りゅう》さんのなんなんだ？」

「え？」

私《わたし》のほうに走《はし》ってきた壱《いち》さんが、尋問《じんもん》するようにじっとこっちを見《み》ている。

「つきあってるのか？」

「そ、そんなわけありません」

「……いや、うそつくなよ。絶対《ぜったい》そうだろ。あの人《ひと》、女子《じょし》から話《はな》しかけられても完全無視《かんぜんむし》なんだぞ」

む、無視《むし》……？

「つーか普段《ふだん》からにこりとも笑《わら》わないし……俺《おれ》、笑《わら》ったところはじめて見《み》た……」

壱《いち》さんの言葉《ことば》に、私《わたし》のほうがおどろいてしまう。

「俺《おれ》も」

「ぼ、僕《ぼく》も……」

「……俺《おれ》も」

京先輩《けいせんぱい》も影先輩《えいせんぱい》も宮《みや》さんも、信《しん》じられないのか目《め》を丸《まる》くしていた。

どういうことだろう……龍《りゅう》さんが笑《わら》わない人《ひと》だなんて……。

まだ知《し》りあって間《ま》もないけど、私《わたし》の記憶《きおく》の中《なか》の龍《りゅう》さんはいつも物腰《ものごし》やわらかくて、ほほえみをうかべていた。

みなさんが話《はな》す龍《りゅう》さんと、私《わたし》が知《し》っている龍《りゅう》さんがちがいすぎる。

だけど、私《わたし》よりもずっと龍《りゅう》さんについて詳《くわ》しいだろうみなさんが、うそをつくとも思《おも》えない。

「おまえ、サッカー部《ぶ》のエースとつきあってるんじゃなかったのかよ」

「え……？」

サッカー部《ぶ》のエースって……虎《とら》くんのこと？

「いえ、ただの幼《おさな》なじみで……」

「サッカー部《ぶ》のエースが、おまえは自分《じぶん》のものだからほかの男《おとこ》は近《ちか》づくなって宣言《せんげん》してたの、有《ゆう》名《めい》だろ」

宣言《せんげん》……？

どういうこと、だろう……。

ますます意味《いみ》がわからなくて、頭《あたま》の中《なか》が混乱《こんらん》する。

虎《とら》くんが、そんなことを言《い》うとは思《おも》えない……自分《じぶん》のものって……幼《おさな》なじみだからってことじゃないのかな……？

「まあ、どっちでもいいけど。龍《りゅう》さんのことたぶらかすなよ。はぁ……龍《りゅう》さんも、マジでどうしちまったんだろ……急《きゅう》に俺《おれ》たちに頭《あたま》さげてきて、女子《じょし》マネいれたいとか意味《いみ》わからないこと言《い》いだすし……」

え……？

龍《りゅう》さん、バスケ部《ぶ》のみなさんに、そんなお願《ねが》いをしてくれたんだ……。

「あんなキャプテン見《み》たことない……」

宮《みや》さんもとまどっているのか、眉間《みけん》にしわをよせながら私《わたし》を見《み》ていた。

「おまえのせいで、俺《おれ》たちあの後《あと》も怒《おこ》られたんだからな。……つーかどうせ、龍《りゅう》さんを好《す》きなだけで、バスケ部《ぶ》なんかって思《おも》ってるんだろ」

「え？」

バスケ部《ぶ》なんか……？

「通称《つうしょう》〝問題児集団《もんだいじしゅうだん》〟だしな、俺《おれ》たち」

はっ……と、自分《じぶん》で自分《じぶん》をあざけるように笑《わら》った宮《みや》さん。

そういえば……。

『本当《ほんとう》に耳《みみ》ざわりだよな。問題児集団《もんだいじしゅうだん》のくせに』

サッカー部《ぶ》の部員《ぶいん》さんたちが、そんなことを言《い》っていたような……。

「おまえだって……エリートのサッカー部《ぶ》から追《お》いだされてバスケ部《ぶ》に連《つ》れてこられて……本当《ほんとう》はいやだって思《おも》ってるくせに」

「そ、そんなこと……」

「俺《おれ》たちだって、おまえみたいな最低《さいてい》なやつはごめんだけど」

……っ、最低《さいてい》な、やつ……。

「ウワサだってとどいてんだよ。サッカー部《ぶ》をめちゃくちゃにした最低《さいてい》マネージャーだって」

やっぱり……みなさんは、ウワサを知《し》っているんだ……。

なら……最低《さいてい》だって思《おも》われても……仕方《しかた》ない……。

「はい……すみません……」

龍《りゅう》さんに、自分《じぶん》が悪《わる》くないときはあやまらなくていいって言《い》われたけど……これはみなさんを不安《ふあん》にさせた、私《わたし》が悪《わる》いと思《おも》った。

「まあまあ、落《お》ちつきなよ宮《みや》。ひどい言《い》い方《かた》してごめんね陽《よう》ちゃん～」

「そ、そうだよ……龍《りゅう》くんにも、やさしくって言《い》われたんだし……」

「……ちっ」

「宮《みや》は特《とく》に女子《じょし》ぎらいだし、仕方《しかた》ないっすよ」

宮《みや》さんも、女子《じょし》ぎらい……。影先輩《えいせんぱい》だけじゃなかったんだ……。

本当《ほんとう》に……私《わたし》はここにいても、いいのかな……。

無意識《むいしき》のうちに、視線《しせん》がさがっていく。

私《わたし》がマネージャーになっても、手伝《てつだ》うどころか……みなさんを不快《ふかい》にさせてしまうだけな気《き》がした。

初日終了《しょにちしゅうりょう》

結局《けっきょく》、あのあとはほかの部員《ぶいん》さんとは話《はな》すことなく、ひたすら雑用《ざつよう》をしていた。

『俺《おれ》たちだって、おまえみたいな最低《さいてい》なやつはごめんだけど』

私《わたし》はどこに行《い》っても、邪魔《じゃま》になってしまう……。

「陽《よう》」

片《かた》づけが終《お》わったとき、龍《りゅう》さんが私《わたし》のほうへ来《き》てくれた。

「おつかれさま」

「おつかれさまです」

龍《りゅう》さんにも、あやまらないと……。

「あの……今日《きょう》はなにもできなくて、すみませんでした……」

「え？」

「ルールもわからなくて、足《あし》をひっぱってばかりで……」

「ちょっと待《ま》って、そんなことないから」

龍《りゅう》さんはあせった表情《ひょうじょう》をしたあと、私《わたし》を見《み》つめてほほえんでくれた。

「片《かた》づけとか記録《きろく》とかずっとしてくれてたし、本当《ほんとう》にたすかったよ」

龍《りゅう》さん……。

「ほかのみんなも、感謝《かんしゃ》してるはずだから」

みなさんがどう思《おも》っているのかはわからないし、きっといやがられていると思《おも》うけど、龍《りゅう》さんにそう言《い》ってもらえて少《すこ》し気持《きも》ちが軽《かる》くなった。

「それに、経験者《けいけんしゃ》じゃない限《かぎ》りルールを完全《かんぜん》におぼえるのはむずかしいんだ。複雑《ふくざつ》だし、試合《しあい》によってかわったりもするし。テレビで試合《しあい》とか見《み》たことある？」

「いえ……でも、昔《むかし》バスケが上手《じょうず》な人《ひと》と知《し》りあって、ドリブルをして遊《あそ》んだことがあります」

近所《きんじょ》に住《す》んでいた、バスケが得意《とくい》なお兄《にい》さん。

メガネをかけていたから、顔《かお》はぼんやりとしかおぼえていないけど。

「……え？」

私《わたし》の言葉《ことば》に、龍《りゅう》さんは一瞬《いっしゅん》おどろいたような反応《はんのう》をした。

「へ、へー……友《とも》だち？」

「友《とも》だち……というか、よく行《い》っていたお花屋《はなや》さんにいて、いつもバスケットボールの練習《れんしゅう》をしていた人《ひと》なんです。すごく上手《じょうず》で、遠《とお》いところからでも何度《なんど》もシュートを決《き》めていて、すごいなって……！」

彼《かれ》のことを思《おも》いだして、ついいきおい余《あま》って早口《はやくち》になってしまった。

恥《は》ずかしい……。

「そうだったんだ……その人《ひと》は、陽《よう》にとってどんな人《ひと》だった？」

どんな人《ひと》……？

どうしてそんなこと聞《き》くんだろう……。

「やさしくて……」

今《いま》でもおぼえているのは、やさしいその人《ひと》に憧《あこが》れていたってこと。

「かっこいい人《ひと》でした」

「……」

「龍《りゅう》さん？」

「そ、そっか……」

顔《かお》、赤《あか》くなってる……？

ううん、きっと夕日《ゆうひ》が反射《はんしゃ》してるだけだ。

そうだ……龍《りゅう》さんに、やめたほうがいいって言《い》うべきかな……。

「あの、マネージャーのことなんですけど……」

「ん？」

言《い》いかけた私《わたし》を、心配《しんぱい》そうに見《み》つめてくれる龍《りゅう》さん。

……ううん、やっぱり、やめるのはダメだ。

「い、いえ、なんでもありません」

一度《いちど》ひきうけたんだ。とちゅうで投《な》げだすほうが、龍《りゅう》さんにもバスケ部《ぶ》の人《ひと》たちにも失礼《しつれい》な気《き》がした。

たった二週間《しゅうかん》。

バスケ部《ぶ》の人《ひと》たちには申《もう》しわけないけど、最後《さいご》には任《まか》せてよかったと思《おも》ってもらえるように、がんばろう。

それが、きっといちばんいい選択《せんたく》だと思《おも》う。

「明日《あした》から、もっとがんばります」

「もう十分《じゅうぶん》すぎるくらいだから。ありがとう」

龍《りゅう》さんはいつものように、きれいな笑顔《えがお》をむけてくれた。
やっぱり……龍《りゅう》さんは表情豊《ひょうじょうゆた》かで、よく笑《わら》う人《ひと》だと思《おも》う。
それに、この笑顔《えがお》を見《み》ると安心《あんしん》する。
ずっと見《み》ていたいなと、ぼんやり思《おも》った。
今日《きょう》は帰《かえ》ったら……バスケットボールの勉強《べんきょう》をしよう。
マネージャーとして、役《やく》にたてるように……！

君《きみ》を守《まも》る

【side《サイド》 龍《りゅう》】

今《いま》でもあのときの笑顔《えがお》が頭《あたま》からはなれない。

『りゅうくんは、りゅうくんの好《す》きなようにしていいんだよ。だって、おばあちゃんが言《い》ってた！』

『え？』

『りゅうくんが笑《わら》っていてくれたら、それだけでいいって！』

あの日《ひ》から——俺《おれ》にとっての太陽《たいよう》だった。

もともと、陽《よう》のことは知《し》っていた。サッカー部《ぶ》で、ひどい扱《あつか》いをうけていることも。

ただ、陽《よう》がサッカー部《ぶ》で仕事《しごと》をおしつけられているかもしれないと気《き》づいたときに、サッカー部《ぶ》をやめたほうがいいとは言《い》えなかった。

俺《おれ》が一方的《いっぽうてき》に知《し》っているだけだったし、知《し》らない人間《にんげん》にそんなことを言《い》われても困《こま》るだろうから。

それに……俺《おれ》は陽《よう》が、幼《おさな》なじみである朝霧《あさぎり》のためにサッカー部《ぶ》のマネージャーになったことも知《し》っている。

陽《よう》は朝霧《あさぎり》からはなれたくないはず。好《す》きな相手《あいて》の近《ちか》くにいたいという気持《きも》ちは、俺《おれ》にも痛《いた》いくらいわかるから。

陽《よう》がしあわせなら……今《いま》は静《しず》かに、見守《みまも》っていようと思《おも》った。

でも……。

『一年《ねん》の涼風陽《すずかぜよう》って子《こ》、やばいらしいよ』

『虎《とら》くんの幼《おさな》なじみなんだけど、サッカー部《ぶ》めちゃくちゃにしたんだって』

ウワサを耳《みみ》にするたびに腹《はら》が立《た》って、陽《よう》のことを知《し》らない人間《にんげん》が陽《よう》のことを悪《わる》く言《い》うことが許《ゆる》せなかった。

陽《よう》がそんな人間《にんげん》なわけない。

きっと陽《よう》の耳《みみ》にもこのひどいウワサははいっているだろうし、傷《きず》ついているだろう。サッカー部《ぶ》は校内一規模《こうないいちきぼ》がでかい部《ぶ》で、影響力《えいきょうりょく》も強《つよ》いから、当分《とうぶん》はこんな状態《じょうたい》がつづくはずだ。

どうやったら陽《よう》を守《まも》れるのか考《かんが》えたとき、マネージャーに勧誘《かんゆう》する方法《ほうほう》しか思《おも》いつかなかった。

バスケ部《ぶ》のマネージャーになったら、バスケ部《ぶ》の一員《いちいん》ってことで俺《おれ》も間接的《かんせつてき》に守《まも》れる。

少《すく》なくとも、直接《ちょくせつ》なにか言《い》ってくるやつらはいなくなるはずだ。

バスケ部《ぶ》のメンバーは、きっと陽《よう》がはいることに反対《はんたい》するだろう。

それでも俺《おれ》は、陽《よう》を守《まも》るにはこの方法《ほうほう》しか思《おも》いうかばなかった。

それに、陽《よう》のことを知《し》ったら、ウワサがうそだってこともわかってくれるだろう。

「それじゃあ、また明日《あした》」

「はい、おつかれさまです」

笑顔《えがお》を残《のこ》して、去《さ》っていった陽《よう》。

小《ちい》さな背中《せなか》が見《み》えなくなって、俺《おれ》は頭《あたま》をおさえた。

「はぁ……」

さっきの、陽《よう》の言葉《ことば》を思《おも》いだす。

『昔《むかし》バスケが上手《じょうず》な人《ひと》と知《し》りあって、ドリブルをして遊《あそ》んだことがあります』

『やさしくて……かっこいい人《ひと》でした』

……ダメだ、ほおが緩《ゆる》む。

陽《よう》はなにも知《し》らないだろうけど、陽《よう》がいたから、俺《おれ》は俺《おれ》でいられたんだ。

陽《よう》の笑顔《えがお》を……今度《こんど》は俺《おれ》が、なにがあっても守《まも》る。
だれにも傷《きず》つけさせない。
決意《けつい》をかためて、俺《おれ》も帰路《きろ》についた。

マネージャー生活《せいかつ》二日目《ふつかめ》

早起《はやお》きは得意《とくい》だ。サッカー部《ぶ》の朝練《あされん》で習慣《しゅうかん》づいたというのもあるし、朝《あさ》イチの空気《くうき》も好《す》き。

だけど……昨日《きのう》は夜《よ》ふかしをしてしまったから、まだ眠気《ねむけ》が残《のこ》ってる。

バスケットボールのルールをおぼえるために、本《ほん》を読《よ》んだり動画《どうが》を見《み》たりしていたら、気《き》づいたら日《ひ》が昇《のぼ》っていた。

さすがに徹夜《てつや》はダメだと思《おも》って少《すこ》しは眠《ねむ》ったけど……授業中《じゅぎょうちゅう》にうとうとしちゃいそうだ。

でも、勉強《べんきょう》した甲斐《かい》あって大方《おおかた》のルールは理解《りかい》できた。

昨日《きのう》より少《すこ》しでも役《やく》に立《た》てたらいいな。

二週間《しゅうかん》のマネージャー生活二日目《せいかつふつかめ》……張《は》りきっていこう……！

バスケ部《ぶ》には朝練《あされん》はないと聞《き》いたけど、今日《きょう》はだれよりも先《さき》に行《い》ってしたいことがあった。

道具《どうぐ》を持《も》って、バスケ部《ぶ》の部室《ぶしつ》にはいる。

散《ち》らかった部屋《へや》を見《み》て、深呼吸《しんこきゅう》をした。

よーし……片《かた》づけるぞ……！

昨日《きのう》、びっくりした部室《ぶしつ》の状況《じょうきょう》。

さわられたくないものもあるだろうし、備品《びひん》にはあまり手《て》をつけないようにするけど……とにかくこのゴミの山《やま》をどうにかしたい。

勝手《かって》に片《かた》づけたら怒《おこ》られるかもしれないけど……え、衛生的《えいせいてき》によくないと思《おも》うからっ……。

部員《ぶいん》さんたちはいつもここですごしているって言《い》っていたし、こんな部屋《へや》にずっといたら、みなさんの体調《たいちょう》が悪《わる》くなってしまいそうっ……。

ゴム手袋《てぶくろ》をはめて、早速片《さっそくかた》づけを開始《かいし》した。


ふぅ……と一息《ひといき》ついて、まわりを見《み》わたす。

うん、きれいになった……！

片《かた》づいた部屋《へや》を見《み》ると、清々《すがすが》しい気持《きも》ちになる。

散《ち》らかっていた原因《げんいん》は、やっぱりほとんどお菓子《かし》のゴミだったな……。相当《そうとう》お菓子《かし》が好《す》きな人《ひと》がいることがわかった。

たしか体育館《たいいくかん》の用具室《ようぐしつ》にゴミ箱《ばこ》があったはずだから、ひとつを部室《ぶしつ》においておこう。

――ガチャッ。

「……あれ？　陽《よう》？」

龍《りゅう》さん……？

よく見《み》ると、龍《りゅう》さんは体操服《たいそうふく》を着《き》ていて、部活後《ぶかつご》みたいに汗《あせ》をかいている。

「って、ここ……え？」

龍《りゅう》さんは部室《ぶしつ》を見《み》て、目《め》を丸《まる》くしていた。

「バスケ部《ぶ》の部室《ぶしつ》……？　なんでこんなきれいに……もしかして、片《かた》づけてくれた？」

「あ……か、勝手《かって》に、すみません……！」

「い、いや、怒《おこ》ってない……！　むしろありがとう……！　どうにかしないとと思《おも》ってたから、すごいたすかる」

龍《りゅう》さんはうれしそうに目《め》をきらきらさせていて、それを見《み》て安心《あんしん》した。

怒《おこ》られなくて、よかった……。

「俺《おれ》もだけど、みんな片《かた》づけるの苦手《にがて》だから困《こま》ってたんだ。こんなきれいな部室《ぶしつ》、はじめて見《み》た。ていうか、この部室《ぶしつ》結構広《けっこうひろ》かったんだな」

心《こころ》なしか、龍《りゅう》さんがはしゃいでいるように見《み》えた。

喜《よろこ》んでもらえたみたいで、私《わたし》もうれしくなる。

「あの、龍《りゅう》さんは朝練《あされん》してたんですか？」

体操服《たいそうふく》を着《き》ているし、今登校《いまとうこう》してきたようには見《み》えない。

「うん、今終《いまお》わったとこ」

やっぱり朝練《あされん》してたんだ……。

「朝練《あされん》はいつもしてるんですか？」

「うん。一応《いちおう》」

「すごいですね」

「趣味《しゅみ》みたいなものだから。単純《たんじゅん》にバスケが好《す》きなんだ。それに、キャプテンが下手《へた》だったら格《かっ》好《こう》つかないし」

当《あ》たり前《まえ》みたいにそう言《い》っているけど、考《かんが》え方《かた》がかっこいいなと思《おも》った。

龍《りゅう》さんって、やさしいだけじゃなくて、まじめで努力家《どりょくか》なんだ……。

「それより……昨日《きのう》、俺《おれ》がいないときにあいつらになにか言《い》われた？」

「え？」

あいつらって……バスケ部《ぶ》のみなさんのことかな……？

「陽《よう》に対《たい》して態度《たいど》も悪《わる》かったと思《おも》う。陽《よう》をいやな気分《きぶん》にさせてごめん」

申《もう》しわけなさそうに私《わたし》を見《み》る龍《りゅう》さん。なんだか、子《こ》どものかわりにあやまるお父《とう》さんみたいに見《み》えた。

「バスケ部《ぶ》のみなさんのこと、すごく大切《たいせつ》なんですね」

「ん？」

「あ……大事《だいじ》に思《おも》っているのが、伝《つた》わってきて……」

思《おも》ったことを口《くち》にすると、龍《りゅう》さんは気恥《きは》ずかしそうに視線《しせん》をそらした。

「あー……うん、大事《だいじ》には思《おも》ってる」

その表情《ひょうじょう》を見《み》て、新《あたら》しい龍《りゅう》さんの一面《いちめん》を知《し》れた気《き》がした。

「みんな手《て》がつけられないくらい自由人《じゆうじん》だけど、弟《おとうと》みたいな存在《そんざい》。それに、過小評価《かしょうひょうか》されてるけど、実力《じつりょく》もたしかなんだ。俺《おれ》は今《いま》のメンバーなら……全国《ぜんこく》も夢《ゆめ》じゃないって本気《ほんき》で思《おも》ってる」

全国大会《ぜんこくたいかい》……！

龍《りゅう》さんが口《くち》にした大《おお》きな夢《ゆめ》に、ますます尊敬《そんけい》の気持《きも》ちがふくらんだ。

みんなで全国《ぜんこく》に行《い》くのが目標《もくひょう》だなんて……すごいなぁ……。

昨日会《きのうあ》ったばかりだけど、バスケ部《ぶ》のみなさんには、強《つよ》い絆《きずな》があるように感《かん》じた。

そんな存在《そんざい》がいることが……少《すこ》し、羨《うらや》ましいな。

「でも、あいつらが陽《よう》に失礼《しつれい》なことをしたらちゃんと言《い》って。それとこれとはべつだから」

「え……」

「陽《よう》をいじめたら、あいつらでも許《ゆる》さない」

バスケ部《ぶ》の人《ひと》たちがどれだけ大切《たいせつ》かを聞《き》いたあとだから、ドキッとしてしまった。

「それに、もしあいつらが陽《よう》をうけいれてくれなかったら、俺《おれ》は……」

なにか言《い》いかけて、口《くち》を閉《と》ざした龍《りゅう》さん。

「……いや、なんでもない。陽《よう》も今《いま》から教室《きょうしつ》にもどるとこ？」

「はい」

「教室《きょうしつ》まで送《おく》らせて。すぐに着替《きが》えるから、ちょっと待《ま》っててほしい」

「え……そんな、大丈夫《だいじょうぶ》ですよ」

一年《ねん》の教室《きょうしつ》は三階《かい》にあって、二年生《ねんせい》の教室《きょうしつ》は二階《かい》。龍《りゅう》さんは二年生《ねんせい》だから、わざわざ階段《かいだん》をあがらないといけない。

「いいから。俺《おれ》がそうしたいんだ」

やさしくほほえまれて、ついうなずいてしまった。

かわいい

「ねえ見《み》て、龍《りゅう》さまと涼風陽《すずかぜよう》が一緒《いっしょ》にいる……」

「バスケ部《ぶ》にはいったってウワサ、本当《ほんとう》だったんだ……」

龍《りゅう》さんと廊下《ろうか》を歩《ある》いていると、たくさんの視線《しせん》を感《かん》じた。

バスケ部《ぶ》にはいったこと、ウワサになってるの……？

龍《りゅう》さんの迷惑《めいわく》になってないかな……心配《しんぱい》だ……。

教室《きょうしつ》に着《つ》いて、龍《りゅう》さんが足《あし》をとめて私《わたし》を見《み》た。

「それじゃあ、また放課後《ほうかご》むかえにくる」

え……ほ、放課後《ほうかご》も……!?

「そんな……申《もう》しわけないです……！　教室《きょうしつ》もはなれてますし……」

「さっきも言《い》ったけど、俺《おれ》がそうしたいんだ。それに、マネージャーになってもらったんだから、このくらいさせて」

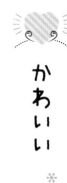

そんな……マネージャーになったのも、もとはといえば龍《りゅう》さんが私《わたし》をたすけてくれたからで……。

恩《おん》がえしのためにさせてもらってるのに、また恩《おん》が増《ふ》えてしまう……。

「俺《おれ》が来《く》るまで教室《きょうしつ》でちゃんと待《ま》ってて。約束《やくそく》」

どうしようかと思《おも》ったけど、有無《うむ》を言《い》わさない龍《りゅう》さんの瞳《ひとみ》に、あっけなくうなずいてしまった。

「は、はい」

「うん、いい子《こ》」

ぽんっと、やさしく私《わたし》の頭《あたま》をなでてくれる龍《りゅう》さん。

「「「きゃあ――――！」」」

女《おんな》の子《こ》の悲鳴《ひめい》があたりにひびいて、私《わたし》の顔《かお》も真《ま》っ赤《か》になった。

そういえば、人前《ひとまえ》だった……。

は、恥《は》ずかしい……。

龍《りゅう》さんはまったく気《き》にしていないのか、手《て》をふって去《さ》っていった。

真《ま》っ赤《か》な顔《かお》をかくすように、できるだけ頭《あたま》をさげて自分《じぶん》の席《せき》にむかう。

あれ……？

視線《しせん》は感《かん》じるけど、昨日《きのう》まで聞《き》こえたかげ口《ぐち》は一切《いっさい》耳《みみ》にはいってこない。

それに、にらんでくる人《ひと》もいない……。

私《わたし》がなにかしたわけではないし、ウワサが消《き》えたわけでもないだろうから……これはまちがいなく、龍《りゅう》さんのおかげだ。

『陽《よう》が少《すこ》しでもいやがることしたら、俺《おれ》が許《ゆる》さないから』

昨日《きのう》あんなふうに言《い》ってくれたから……。

たった一声《ひとこえ》で、ぴたりとかげ口《ぐち》がなくなるなんて……龍《りゅう》さんって、すごい……。

龍《りゅう》さんに、また恩《おん》が増《ふ》えた……。


「あ、来《き》た！」

放課後《ほうかご》になって部室《ぶしつ》にむかうと、真《ま》っ先《さき》に壱《いち》さんの声《こえ》が聞《き》こえた。

体操服《たいそうふく》に着替《きが》えた壱《いち》さんが、こっちにかけよってきて私《わたし》の前《まえ》でとまった。

な、なんだろうっ……⁉

「なあ、龍《りゅう》さんから聞《き》いたぞ、おまえが片《かた》づけたんだろ……！」

え……？

片《かた》づけたって……あ……ぶ、部室《ぶしつ》のことだっ……。

怒《おこ》られると思《おも》って、反射的《はんしゃてき》にぎゅっと目《め》をつぶった。

「す、すみませっ……」

「ちょっとは役《やく》にたつじゃん！」

予想外《よそうがい》の言葉《ことば》が聞《き》こえて、おそるおそる目《め》をあける。

視界《しかい》にうつったのは、壱《いち》さんのうれしそうな笑顔《えがお》。

「壱《いち》、役《やく》にたつって言《い》い方《かた》はよくないでしょ」

うしろから、京先輩《けいせんぱい》もあらわれた。

部室《ぶしつ》からでてきた、影先輩《えいせんぱい》の姿《すがた》も。

「ありがとうね、陽《よう》ちゃん」

「た、たすかるよ……！　じつは僕《ぼく》も、片《かた》づけるの苦手《にがて》で……」

ありがた迷惑《めいわく》かと思《おも》ったけど……片《かた》づけてよかった……。

だけど、感謝《かんしゃ》されるのに慣《な》れてなくて、なんて言《い》えばいいのかわからない。

「そ、そんなふうに言《い》ってくださって、ありがとうございます」

ぺこりと頭《あたま》をさげると、龍《りゅう》さんにぽんっと頭《あたま》をなでられた。

「陽《よう》がお礼言《れいい》う必要《ひつよう》ないのに。俺《おれ》たちが感謝《かんしゃ》してるんだから」

「あ、あの……は、はい、ありがとうございます……!!」

「ふふっ、陽《よう》ってほんとに面白《おもしろ》い」

お、面白《おもしろ》い……?

また返事《へんじ》に困《こま》ってしまってまばたきを繰《く》りかえした私《わたし》を見《み》て、龍《りゅう》さんはくすっと笑《わら》った。

「かわいい」

かっ……。

ぺ、ペットとかに言《い》うかわいいだとは思《おも》うけど、龍《りゅう》さんに言《い》われると反射的《はんしゃてき》にてれてしまう。

こんな、絵本《えほん》の中《なか》から飛《と》びだしてきた王子《おうじ》さまみたいな人《ひと》に言《い》われたら、だれだって顔《かお》が真《ま》っ赤《か》になるはずだ。

「……な、なに見《み》せられてるんっすか俺《おれ》たち……」

「龍《りゅう》が甘《あま》い顔《かお》してる……」

「こ、これって現実《げんじつ》かな……」

「……」

ほかのみなさんの視線《しせん》に気《き》づいて、さらに顔《かお》が熱《あつ》くなった。

「陽《よう》、先《さき》に着替《きが》えていいよ」

「は、はい……！」

龍《りゅう》さんは追《お》いうちをかけるようにぽんっと頭《あたま》をなでてきて、私《わたし》は逃《に》げるように部室《ぶしつ》の中《なか》にはいった。

りゅ、龍《りゅう》さんの破壊力《はかいりょく》、恐《おそ》ろしいっ……。

女《おんな》の子《こ》にモテモテの理由《りゆう》もすごくわかる……。

やさしくて、かっこよくて、バスケットボールも上手《じょうず》で、キャプテンで……逆《ぎゃく》に欠点《けってん》が見《み》あたらない。

龍《りゅう》さんのことはあくまで先輩《せんぱい》として尊敬《そんけい》しているけど、定期的《ていきてき》にドキッとしてしまう。

は、早《はや》く着替《きが》えて、マネージャーの仕事《しごと》をはじめよう……！

初《はつ》の大《たい》役《やく》!

「おはようございます……」

部活《ぶかつ》がはじまって少《すこ》したったとき、体育館《たいいくかん》にあくびをしながら宮《みや》さんがはいってきた。

「あ、宮《みや》! おまえまた放課後登校《ほうかごとうこう》かよ……」

放課後登校《ほうかごとうこう》……?

……って、今登校《いまとうこう》してきたってこと!?

「部活《ぶかつ》だけのために来《く》るとか、ほんとバスケ部《ぶ》好《す》きだなおまえ」

「ちがうし。だまれ」

壱《いち》さんの言葉《ことば》に顔《かお》をしかめながら、もう一度《いちど》あくびした宮《みや》さん。

そういえば……。

『遅刻欠席常習犯《ちこくけっせきじょうしゅうはん》がいたり、女好《おんなず》きのチャラい人《ひと》がいたり、元《もと》ヤンもいるってウワサだからでしょ』

遅刻常習犯《ちこくじょうしゅうはん》がいるって聞《き》いていたけど……宮《みや》さんのことだったのかな？

「つーか、部室《ぶしつ》きれいになってた……最高《さいこう》」

「涼風《すずかぜ》が掃除《そうじ》してくれたんだよ」

うれしそうにほおを緩《ゆる》めた宮《みや》さんだったけど、私《わたし》の名前《なまえ》を聞《き》いてすぐにしかめっ面《つら》にもどった。

や、やっぱり、宮《みや》さんには特《とく》にきらわれてる……。

できる限《かぎ》り、宮《みや》さんには近《ちか》づかないようにしないと……。

「それじゃあ、今日《きょう》は日誌《にっし》とスコアシートの書《か》き方《かた》について説明《せつめい》するね」

今日《きょう》も影先輩《えいせんぱい》がマネージャーのお仕事《しごと》を教《おし》えてくれることになって、ペンを握《にぎ》ってメモ帳《ちょう》をひらく。

聞《き》きのがさないように、しっかりメモしなきゃ……！

「な、なにかわからないこととか、気《き》になったこととかある？」

影先輩《えいせんぱい》がていねいに教《おし》えてくれたから、わからないことはなかった。

ただ……。

体育館《たいいくかん》を見《み》わたして、影先輩《えいせんぱい》のほうをむく。昨日《きのう》から……ずっと気《き》になってることがあった。

「あの……この体育館《たいいくかん》は、バスケ部《ぶ》以外《いがい》は使《つか》っていないんですか？」

バスケ部《ぶ》は、学内《がくない》の部《ぶ》の中《なか》でも、いちばん部員数《ぶいんすう》が少《すく》ないはず。なのに……こんなに広《ひろ》い体育《たいいく》館《かん》を占領《せんりょう》してるのが不思議《ふしぎ》だった。

「うん、そうだよ。あ……序列《じょれつ》については知《し》らない？」

序列《じょれつ》……？

「この学校《がっこう》、部活動必須《ぶかつどうひっす》でしょ？ だから自《おの》ずと、部活動《ぶかつどう》で序列《じょれつ》ができて……部活動《ぶかつどう》の力《ちから》が強《つよ》ければ強《つよ》いほど、権力《けんりょく》があって使《つか》える場所《ばしょ》も増《ふ》える。その……サッカー部《ぶ》が、部員数《ぶいんすう》がいちばん多《おお》いことは知《し》ってるよね……？」

気《き》を遣《つか》ってくれているのか、おそるおそるサッカー部《ぶ》の名前《なまえ》を口《くち》にした影先輩《えいせんぱい》。

「はい、知《し》ってます」

サッカー部《ぶ》は部員《ぶいん》が六十人《にん》以上《いじょう》いて、校内《こうない》の男子生徒《だんしせいと》の三人《にん》にひとりがサッカー部《ぶ》にはいっている計算《けいさん》だ。

「実際大会《じっさいたいかい》でも結果《けっか》を残《のこ》してるから、今《いま》までもうちの学校《がっこう》ではサッカー部《ぶ》がいちばん強《つよ》かったし、部活動《ぶかつどう》で使《つか》える範囲《はんい》も広《ひろ》かった」

影先輩《えいせんぱい》の言《い》うとおり、サッカー部《ぶ》は運動場《うんどうじょう》をほぼ占領《せんりょう》している状態《じょうたい》だ。

「でも、今年《ことし》この構図《こうず》が大《おお》きくかわったんだ」

影先輩《えいせんぱい》は目《め》をきらきらさせて、誇《ほこ》らしげに話《はな》している。

「サッカー部《ぶ》は県大会《けんたいかい》ベスト8《エイト》。バスケ部《ぶ》は県大会準優勝《けんたいかいじゅんゆうしょう》。成績《せいせき》だけ見《み》たら、バスケ部《ぶ》がサッカー部《ぶ》を抜《ぬ》いたんだよ。バスケ部《ぶ》は実質今《じっしついま》、校内《こうない》でいちばん実力《じつりょく》のある部《ぶ》なんだ。だから体育館《たいいくかん》も占領《せんりょう》する権利《けんり》を得《え》られたんだ」

そうだったんだっ……。

サッカー部《ぶ》がベスト8《エイト》をとったのは知《し》っていたけど、バスケ部《ぶ》が県大会《けんたいかい》で準優勝《じゅんゆうしょう》していたのは知《し》らなかった。

「って……ご、ごめん、熱《あつ》くなって……」

「県大会準優勝《けんたいかいじゅんゆうしょう》……すごいですね……！」

それがどれだけの名誉《めいよ》なのかわかるからこそ、尊敬《そんけい》の気持《きも》ちがあふれだした。

「そうでしょ……！　みんなはすごいんだ……！」

こんなにうれしそうに話《はな》すなんて、影先輩《えいせんぱい》はバスケ部《ぶ》が大好《だいす》きなんだな……。

バスケ部《ぶ》のみなさんへの思《おも》いが伝《つた》わってきて、胸《むね》の奥《おく》が温《あたた》かくなった。

「影先輩《えいせんぱい》もバスケ部《ぶ》の一員《いちいん》なので、影先輩《えいせんぱい》もすごいと思《おも》います」

「ぼ、僕《ぼく》は全然《ぜんぜん》だよ……！　どちらかといえばマネージャーに近《ちか》いし、レギュラーじゃないから……！　それに、すごいのは龍《りゅう》くんだよ」

龍《りゅう》さん……？

「ほぼ龍《りゅう》くんひとりで得点《とくてん》した試合《しあい》とかもあったから……龍《りゅう》くんは、県選抜《けんせんばつ》に選《えら》ばれるくらいのスーパー選手《せんしゅ》なんだ」

す、すごいっ……。

龍《りゅう》さんが言《い》っていた全国大会出場《ぜんこくたいかいしゅつじょう》の夢《ゆめ》って……実力《じつりょく》があってこその発言《はつげん》だったんだ……。

ますます龍《りゅう》さんがまぶしく見《み》えて、尊敬《そんけい》せずにはいられない。

「りゅうさーん！　試合《しあい》したいです〜！」

感動《かんどう》していると、少《すこ》しはなれたところから壱《いち》さんの声《こえ》が聞《き》こえた。

「あ……壱《いち》くんが駄々《だだ》こねてるな……」

影先輩《えいせんぱい》が、苦笑《にがわら》いしながら壱《いち》さんのほうを見《み》た。

「そうだねぇ。せめて皇《こう》がもどってきたら3on3《スリーオンスリー》できるのになぁ」

京先輩《けいせんぱい》が、ぼそっとつぶやいた。

皇《こう》さん……女《おんな》の子《こ》たちが話《はな》していた、不在中《ふざいちゅう》の部員《ぶいん》さんのことかな。

今《いま》は五人《にん》しかいないから、三対《たい》三の試合《しあい》はできないってことか……。

「三対《たい》二でもいいじゃないっすか！」

「いやぁ、それなら二対《たい》二でしょ。ひとり審判《しんぱん》で」

「龍《りゅう》さんは強《つよ》すぎるんでハンデが必要《ひつよう》っす！　三対《たい》二じゃないと勝負《しょうぶ》になりません！」

「それ、自分《じぶん》で言《い》ってて情《なさ》けなくないの？」

「俺《おれ》は客観的《きゃっかんてき》に判断《はんだん》できるやつなんっすよ！」

龍《りゅう》さんと宮《みや》さんは休憩中《きゅうけいちゅう》なのか、少《すこ》しあきれた様子《ようす》でふたりの会話《かいわ》を聞《き》いていた。

「うーん、審判《しんぱん》なしでもできるっちゃできるけど……雑《ざつ》になっちゃうしね……」

審判《しんぱん》……。

「わ、私《わたし》、審判《しんぱん》します」

思《おも》いきって手《て》をあげると、五人《にん》の視線《しせん》が一斉《いっせい》に私《わたし》に集《あつ》まった。

ひっ……。

みなさんオーラがあるからか、一斉《いっせい》に見《み》られると圧《あつ》を感《かん》じる。

「陽《よう》？」

龍《りゅう》さんはおどろいた表情《ひょうじょう》で私《わたし》を見《み》ていて、宮《みや》さんと壱《いち》さんはあきれたようにため息《いき》をついていた。

「おまえルールわからないだろ」

「き、昨日《きのう》おぼえてきました」

だから……まちがえることもあるかもしれないけど、できるはず。

「……は？」

なにを言《い》ってるんだと言《い》うかのように、私《わたし》をにらんでいる宮《みや》さん。

その視線《しせん》がこわくて、また「ひっ」と情《なさ》けない声《こえ》がでそうになったのを堪《こら》えた。

「昨日《きのう》って……家帰《いえかえ》ってからか？」

「はい。本《ほん》と動画《どうが》を見《み》たので、なんとかできると思《おも》います」

帰《かえ》りに書店《しょてん》によって、バスケットボールの基本《きほん》とルールが書《か》かれている本《ほん》を買《か》った。

文字《もじ》で読《よ》んでもわからないところは動画《どうが》サイトで実際《じっさい》に見《み》たり、試合《しあい》の映像《えいぞう》もいくつか見《み》たりした。

まだまだ浅《あさ》い知識《ちしき》しかないかもしれないけど……。

「前《まえ》の部活《ぶかつ》でも、審判《しんぱん》の経験《けいけん》はあるので……させてください」

マネージャーとして、少《すこ》しでも役《やく》にたちたい……。

「そんな一夜漬《いちやづ》けでおぼえられるもんじゃねーって……」

「こいつ、ばかだろ」

壱《いち》さんと宮《みや》さんににらまれて、段々《だんだん》と自信《じしん》がなくなってきてしまう。

やっぱり……まだマネージャーとして仕事《しごと》を任《まか》せてはもらえないかな……。

「壱《いち》、宮《みや》。怒《おこ》るぞ」

龍《りゅう》さん……。

顔《かお》をあげると、龍《りゅう》さんが私《わたし》を見《み》ながらやさしくほほえんでいた。

「それじゃあ、陽《よう》にたのんでもいい？」

「は、はい……！」

「はじめるから、全員準備《ぜんいんじゅんび》して」

龍《りゅう》さんの言葉《ことば》に、壱《いち》さんと宮《みや》さんも「はい」と返事《へんじ》をした。

また龍《りゅう》さんにたすけてもらった……。

審判《しんぱん》を任《まか》せてもらえたことがうれしくて、胸《むね》をぎゅっとおさえる。

龍《りゅう》さんが、できるって信《しん》じてくれたんだ……。

マネージャーになってはじめての大役《たいやく》……しっかり務《つと》めてみせるっ……。

本来《ほんらい》ミニゲームの場合《ばあい》は、ハーフコートで点数計算《てんすうけいさん》もかわるけど、正式《せいしき》な練習試合形式《れんしゅうじあいけいしき》ですることになった。

試合《しあい》のチーム分《わ》けは、龍《りゅう》さん影先輩《えいせんぱい》チーム、壱《いち》さん宮《みや》さん京先輩《けいせんぱい》チームの二対《たい》三に。

「ぼ、僕《ぼく》、戦力《せんりょく》にならないから、実質《じっしつ》一対《たい》三みたいになってるけど……ほんとにいいの？」

「そんな卑屈《ひくつ》なこと言《い》うんじゃありません、影《えい》さん！」

バシバシと影先輩《えいせんぱい》の背中《せなか》をたたいている壱《いち》さん。

壱《いち》さんは、影先輩《えいせんぱい》のことを慕《した》っているんだろうな……でも、い、痛《いた》そう……。

「それに、龍《りゅう》さんにはそのくらいハンデがないとむりっす！」

「はじまる前《まえ》から負《ま》けを認《みと》めてるようなものじゃない？」

清々《すがすが》しいほど言《い》いきっている壱《いち》さんに、京先輩《けいせんぱい》が苦笑《にがわら》いした。

ジャンプボールをするジャンパーに選《えら》ばれたのは、影先輩《えいせんぱい》と壱《いち》さん。

「影《えい》さんマジで身長《しんちょう》分《わ》けてください」

「い、壱《いち》くんもすぐに伸《の》びるよ」

壱《いち》さんも平均《へいきん》より結構高《けっこうたか》いはずだけど……影先輩《えいせんぱい》が高《たか》すぎる。

よし……審判《しんぱん》として、しっかり試合《しあい》を観察《かんさつ》しよう。

少《すこ》しも見《み》のがしちゃダメだ……。

「それじゃあ、はじめます」

私《わたし》は深呼吸《しんこきゅう》をして、笛《ふえ》を鳴《な》らした。

――ピーッ！

ボールを投《な》げると、ふたりがほぼ同時《どうじ》に飛《と》んだ。

ボールをとったのは……。

「龍《りゅう》くん、パス……！」

影先輩《えいせんぱい》だ……。

飛《と》んできたパスを、軽《かる》くうけとめた龍《りゅう》さんは、そのままゴールにむかってボールを放《ほう》った。

え……？

きれいなにじをえがくように、ネットにはいっていったボール。

……って、ぼうっとしてる場合《ばあい》じゃない……！

笛《ふえ》を鳴《な》らして、急《いそ》いで得点表《とくてんひょう》をめくる。

開始十秒《かいしじゅうびょう》もたってないのに、いきなりスリーポイント……すごい……。

「ちょっと！　手加減《てかげん》してよ！」

「そうですよ！」

京先輩《けいせんぱい》と壱《いち》さんが、口《くち》を尖《とが》らせて不満《ふまん》を言《い》っている。

「……わかった」

「わかったっていうのもちがうでしょ！　壱《いち》、反撃《はんげき》するよ！」

「はいっす！」

ボールをうけとった壱《いち》さんが、すごいスピードで走《はし》りだした。

は、速《はや》いっ……。

サッカー部《ぶ》でも足《あし》が速《はや》い人《ひと》はいたけど、ここまで俊足《しゅんそく》の人《ひと》は見《み》たことがない。

それに、ドリブルしながらこの速度《そくど》で走《はし》れるなんて……。

おどろいて、審判《しんぱん》そっちのけで見《み》いってしまう。

影先輩《えいせんぱい》のブロックを豪快《ごうかい》にかわして、そのままシュートを決《き》めた。

「へへっ、やられっぱなしじゃないっすよ！」

ネットをくぐったボールを見《み》て、壱《いち》さんがにかっとほほえんだ。

すごい……。

その後《あと》も、得点合戦《とくてんがっせん》が繰《く》りひろげられた。

「宮《みや》、そっから決《き》めろ！」

「命令《めいれい》すんな」

壱《いち》さんの声《こえ》に不満《ふまん》そうにしながらも、静《しず》かにシュートした宮《みや》さん。

軽々《かるがる》とスリーポイントを決《き》めて、涼《すず》しい顔《かお》をしている。

宮《みや》さん、さっきから百発百中《ひゃっぱつひゃくちゅう》ではいってる……。

正確《せいかく》なプレースタイル……自分《じぶん》から得点《とくてん》しに行《い》こうと積極的《せっきょくてき》に動《うご》くタイプではなさそうだけど、ここぞというときには必《かなら》ず決《き》めている。

リズムも常《つね》に安定《あんてい》していて、最小限《さいしょうげん》の動《うご》きで最大限《さいだいげん》の働《はたら》きをしていた。

「壱《いち》、ゴール下《した》にいて。宮《みや》は影《えい》のディフェンスについてて」

京先輩《けいせんぱい》はまわりをよく見《み》ていて、バランサーのような役割《やくわり》をうまくこなしている。

守備《しゅび》も攻撃《こうげき》もまんべんなく得意《とくい》なのか、足《た》りない部分《ぶぶん》を自分《じぶん》でカバーしていて、オールラウンダーなプレースタイルだ。

「龍《りゅう》くん！」

自分《じぶん》はバスケ部《ぶ》のお荷物《にもつ》みたいな存在《そんざい》だから、と言《い》っていた影先輩《えいせんぱい》も、ミスがないし、的確《てきかく》に龍《りゅう》さんのサポートをしていた。

そして……。

「影《えい》、パスうまくなったな」

淡々《たんたん》とした口調《くちょう》で影先輩《えいせんぱい》を褒《ほ》めながら、静《しず》かにシュートを打《う》った龍《りゅう》さん。

龍《りゅう》さんがシュートしたボールは、必《かなら》ずネットにはいる。

そう断言《だんげん》できるほど、絶対的《ぜったいてき》な安定感《あんていかん》があった。

またスリーポイント……。

龍《りゅう》さん、さっきから何回《なんかい》シュートを決《き》めてるんだろう……。

「あー！　くそ、龍《りゅう》さん俺《おれ》がとめます！」

荒々《あらあら》しいけど、攻撃力《こうげきりょく》があっていちばん俊足《しゅんそく》な壱《いち》さん。

「壱《いち》、あせらない。落《お》ちついてマークして」

三六〇度見《どみ》えているんじゃないかと思《おも》うくらい、まわりを分析《ぶんせき》できている京先輩《けいせんぱい》。

「次《つぎ》パスください」

正確《せいかく》で隙《すき》がなく、すばしっこい宮《みや》さん。

「龍《りゅう》くん、僕《ぼく》がカバーします……！」

長身《ちょうしん》を活《い》かして的確《てきかく》なサポートに回《まわ》っている影先輩《えいせんぱい》。

そして……。
「ああ。たすかる」
——すべてにおいて、圧倒的《あっとうてき》な龍《りゅう》さん。
中学校《ちゅうがっこう》のバスケ部《ぶ》って、こんなに強《つよ》いのかな……？
……ううん、昨日《きのう》、中学生《ちゅうがくせい》の試合《しあい》を何本《なんぼん》も見《み》た。
だけど……こんなに高《こう》レベルな試合《しあい》はなかった……。
『俺《おれ》は今《いま》のメンバーなら……全国《ぜんこく》も夢《ゆめ》じゃないって本気《ほんき》で思《おも》ってる』
龍《りゅう》さんの、言《い》うとおりだ……。
バスケ部《ぶ》のみなさんのプレーに感動《かんどう》して、私《わたし》は目《め》をかがやかせながら試合《しあい》を見守《みまも》った。

ウワサの女子《じょし》、涼《すず》風《かぜ》陽《よう》

【side《サイド》 壱《いち》】

『涼風陽《すずかぜよう》です。よろしくお願《ねが》いします』

はじめて見《み》たときは、おどろいた。

……悔《くや》しいけど、めちゃくちゃきれいな顔《かお》をしてたから。

多分百人《たぶんひゃくにん》いたら、百二十人《ひゃくにじゅうにん》がかわいいって言《い》うと思《おも》う。そんくらいとんでもない美人《びじん》だった。

こいつ、涼風陽《すずかぜよう》はもともと校内《こうない》でも有名人《ゆうめいじん》だった。

絶世《ぜっせい》の美少女《びしょうじょ》とか言《い》われてたけど、話《はな》しかけても無視《むし》されるとか、性格《せいかく》が悪《わる》いとか……とにかく悪《わる》いウワサが多《おお》かった。

見《み》た目《め》がどうでも、中身《なかみ》が悪《わる》ければ最悪《さいあく》だ。いやがらせするやつとか、この世《よ》でいちばんきらいだし。

多分《たぶん》この見《み》た目《め》で、まわりからちやほやされてきて……まわりに甘《あま》えきって生《い》きてきたんだろう。

まさかこんなやつを、龍《りゅう》さんがマネージャーとして連《つ》れてくるなんて……。

こいつの化《ば》けの皮《かわ》をはがして、龍《りゅう》さんの目《め》を覚《さ》まさせてやる……！

……そう、思《おも》っていたのに……。

必死《ひっし》にメモはとってるし、俺《おれ》たちにこびを売《う》ってくることもないし、むしろマネージャーの仕《し》事《ごと》をおぼえるのに必死《ひっし》で俺《おれ》たちには興味《きょうみ》ありませんって感《かん》じだし……なんだ、こいつ……。

サッカー部《ぶ》から追《お》いだされたから、バスケ部《ぶ》ではうまくやろうって本性《ほんしょう》をかくしてんのか？

コートの外《そと》にいる涼風《すずかぜ》が、スコアボードの得点《とくてん》をめくった。

龍《りゅう》さんが加点《かてん》した二ポイントを追加《ついか》して、スムーズに試合《しあい》が進《すす》んでいく。

マジで審判《しんぱん》やってやがる……。ちょっとでもまちがえたら文句《もんく》を言《い》ってやろうと思《おも》ったのに、試《し》合《あい》がはじまってからまだ一度《いちど》もミスをしていない。

じっと俺《おれ》たちを見《み》て、しっかりと審判役《しんぱんやく》をやっている涼風《すずかぜ》に、おどろいて正直《しょうじき》試合《しあい》どころじゃなかった。

昨日《きのう》はルールも知《し》らねぇって言《い》ってたくせに……。

得点《とくてん》についてもわからなかったみたいだし、うそをついてたわけではないはずだ。

それなのに、本気《ほんき》で昨日《きのう》一日《にち》で勉強《べんきょう》してきたのか……？

「壱《いち》、集中《しゅうちゅう》」

涼風《すずかぜ》に気《き》をとられていることに気《き》づいたのか、京《けい》さんが俺《おれ》を見《み》てそう言《い》った。

にこっとほほえんで、スリーポイントエリア付近《ふきん》からシュートを決《き》めた京《けい》さん。

ボールはきれいにネットに吸《す》いこまれていった。

京《けい》さん、今《いま》わざとライン踏《ふ》んだな……。

ラインを踏《ふ》んだらスリーポイントシュートにはならず、二点《てん》になる。

当《あ》たり前《まえ》のことだけど、初心者《しょしんしゃ》にはむずかしい。つーか、そこまで見《み》てられないはず。

今《いま》のはさすがにだまされるだろ……！

そう思《おも》って涼風《すずかぜ》のほうを見《み》たけど、当《あ》たり前《まえ》のように二点追加《てんついか》していてぎょっとした。

こいつ……。

「……あらら、見破《みやぶ》られたか」

やっぱり京《けい》さんはわざとやったらしく、二点扱《てんあつか》いにされたことにおどろいていた。

「くそ……」

となりにいた宮《みや》がいらだったように、走《はし》りだした龍《りゅう》さんの前《まえ》に立《た》った。

オフェンスに見《み》せかけて、軽《かる》く肩《かた》をたたく。今《いま》のはファウルだから、審判《しんぱん》にとめられる行為《こうい》。

宮《みや》はどうしても涼風《すずかぜ》に文句《もんく》を言《い》いたいらしい。

今《いま》のは若干《じゃっかん》だったし、さすがに判断《はんだん》はむずかしいはず……。

――ピーッ！

「み、宮《みや》さん、ファウルです」

「……ちっ」

見破《みやぶ》られた宮《みや》はさらにいらついたように舌打《したう》ちしたけど、俺《おれ》は不覚《ふかく》にも感心《かんしん》した。

こいつ……やるな……。

「まあ、まずまずってとこだな」

「ちっ……基礎《きそ》だけだろ……」

俺《おれ》の発言《はつげん》が気《き》にいらなかったのか、宮《みや》があからさまに不機嫌《ふきげん》な顔《かお》をした。

「いや……基礎《きそ》だけにしても、初心者《しょしんしゃ》がここまで勉強《べんきょう》してくるなんて……」

「もしかして、徹夜《てつや》でもしたのかな……？」

宮《みや》はともかく、京《けい》さんと影《えい》さんも感心《かんしん》してるし……やる気《き》はちょっと、伝《つた》わった。

まだ認《みと》めたわけじゃ、ねーけど……。

結局《けっきょく》、試合《しあい》は俺《おれ》たちのボロ負《ま》けで幕《まく》を閉《と》じた。

部活《ぶかつ》が終《お》わって、部室《ぶしつ》にもどってきた。龍《りゅう》さんはまだすることがあると言《い》って、涼風《すずかぜ》と一緒《いっしょ》に残《のこ》っているから、この場《ば》にいるのは宮《みや》と京《けい》さんと影《えい》さんと俺《おれ》の四人《よにん》。

「つかれた〜……」

「部室《ぶしつ》がきれいだと、なんかいいね」

ピカピカになった部室《ぶしつ》を見《み》て、うれしそうに京《けい》さんが言《い》った。

マジで、昨日《きのう》までゴミ屋敷《やしき》だった場所《ばしょ》とは思《おも》えない。

あいつ、ほこりもさわれませんって顔《かお》してるくせに……あんな汚《きたな》い部室《ぶしつ》を片《かた》づけるとか……。

「たしか、飲《の》みかけのココアのパックとかあったよね……半年《はんとし》くらい前《まえ》の」

苦笑《にがわら》いしている影《えい》さんに、京《けい》さんが青《あお》ざめている。

「ちっ……龍《りゅう》さんに気《き》にいられたくて必死《ひっし》なんでしょうね」

宮《みや》は、不機嫌《ふきげん》そうにまた舌打《したう》ちをしていた。

気《き》にいられたくて、か……。

「うーん……どちらかといえば、龍《りゅう》くんのほうが必死《ひっし》に見《み》えるけど……」

「あ、俺《おれ》も影《えい》さんと同意見《どういけん》っす」

マネージャーも龍《りゅう》さんから誘《さそ》ったって聞《き》いたし……涼風《すずかぜ》はどちらかというと、〝認《みと》められたくて必死《ひっし》〟って感《かん》じに見《み》える。

部活中《ぶかつちゅう》も、龍《りゅう》さんから声《こえ》をかけてるところしか見《み》たことがない。

俺《おれ》たちと龍《りゅう》さんへの態度《たいど》もかわらないように見《み》えるし……。

もしかしたらあいつ……そんなに悪《わる》いやつじゃ、ないのか……？

……い、いや、だまされるな俺《おれ》。これじゃあだまされてたサッカー部《ぶ》のやつとかわんねぇ……。

「さっき見《み》たんだけど、スコアシートもきれいに書《か》いてくれてたんだよね。ルールも完全《かんぜん》に頭《あたま》にたたきこんできたみたいだし……すごく熱心《ねっしん》に手伝《てつだ》ってくれるんだ。それに……や、やさしいよ。

ウワサに聞《き》いてた感《かん》じとは、まったくちがうよね」

……は？

うれしそうに言《い》った影《えい》さんに、おどろいて目《め》が飛《と》びでそうになった。

女子《じょし》が苦手《にがて》な影《えい》さんが、女子《じょし》をやさしいって言《い》うなんて……。

追《お》いだしてやるって意気《いき》ごんでたけど……まあ、二週間《しゅうかん》だけだし、サッカー部《ぶ》みたいにバスケ部《ぶ》をめちゃくちゃにするつもりがないなら……少《すこ》しの間《あいだ》我慢《がまん》するか……。

新着《しんちゃく》メッセージ

「陽《よう》、おつかれさま」

部活《ぶかつ》が終《お》わると、今日《きょう》も龍《りゅう》さんがかけよってきてくれた。

「おつかれさまです」

「今日《きょう》、審判《しんぱん》してくれてありがとう。一日《にち》でルールおぼえてくるなんて、すごいね」

「い、いえ……まだわからないことばっかりで……」

多分何度《たぶんなんど》かまちがえたと思《おも》うし、スコアシートも書《か》いてみたけど、ミスがあるかもしれない。

もっとちゃんとできるように、勉強《べんきょう》しないと。

そう思《おも》った私《わたし》の頭《あたま》を、そっとやさしくなでてくれた龍《りゅう》さん。

「**がんばってくれて、ありがとう**」

その笑顔《えがお》に、どきっと胸《むね》が高鳴《たかな》った。

龍《りゅう》さんの笑顔《えがお》は、本当《ほんとう》にきれい……。

それに……私《わたし》のことをやさしい目《め》で見《み》てくれるから、すごく安心《あんしん》する……。

「やっぱり、陽《よう》にマネージャーを任《まか》せてよかった」

あ……。

その言葉《ことば》に、胸《むね》の奥底《おくそこ》からぐわっと感情《かんじょう》がこみあげてきた。

ただただうれしくて、胸《むね》が詰《つ》まる。

私《わたし》はだれかに、そう言《い》ってもらいたかったのかもしれない……。

サッカー部《ぶ》でがんばっていたときも、私《わたし》がマネージャーでよかったって、言《い》ってもらいたかったんだ、きっと……。

だれかに、必要《ひつよう》とされたかった。

龍《りゅう》さんのその言葉《ことば》に、今《いま》までの努力《どりょく》がむだじゃなかったと言《い》ってもらえた気《き》がした。

「……陽《よう》？」

「あ、ありがとうございます」

ダメだ……な、泣《な》いたら変《へん》なやつだって思《おも》われる……！

「ふっ、なんのお礼《れい》？　陽《よう》はありがとうが口癖《くちぐせ》なの？」

あ……そういえば、龍《りゅう》さんに対《たい》しては、ごめんなさいよりありがとうのほうがたくさん言《い》ってる気《き》がする……。
『自分《じぶん》が悪《わる》くないときは、あやまらなくていいんだよ』
『そんなあやまり方《かた》したら、君《きみ》の心《こころ》が傷《きず》つくから』
あんなふうに言《い》ってもらったのは、はじめてだったからかな……。
龍《りゅう》さんは……いつも私《わたし》の心《こころ》を、軽《かる》くしてくれる。

しあわせな気持《きも》ちで家《いえ》に着《つ》いて、ソファにすわる。
『やっぱり、陽《よう》にマネージャーを任《まか》せてよかった』
龍《りゅう》さんの言葉《ことば》を思《おも》いだして、うれしくて胸《むね》がぎゅっとなった。
明日《あした》からも、たくさんがんばろう……。
今日《きょう》一日《にち》でまたわからないことも増《ふ》えたから、べつの動画《どうが》を見《み》て勉強《べんきょう》しなきゃ。
そう思《おも》ってスマートフォンを見《み》たとき、メッセージが来《き》ていることに気《き》づいた。
だれだろうと思《おも》ってSNS《エスエヌエス》アプリをひらいた瞬間《しゅんかん》、私《わたし》は言葉《ことば》を失《うしな》った。
虎《とら》、くん……？
バクバクと、加速《かそく》する心臓《しんぞう》の音《おと》が聞《き》こえる。

いったい、なんの連絡《れんらく》だろう……。

見《み》るのがこわいけど、おそるおそる確認《かくにん》した。

【バスケ部《ぶ》のマネージャーになったって聞《き》いたけど本当《ほんとう》?】

あ……虎《とら》くんのところにまで、ウワサが回《まわ》ってるんだ……。

【あいつらは野蛮《やばん》だから、関《かか》わらないほうがいい】

【今《いま》すぐやめるべきだ】

かなしくて、スマートフォンを握《にぎ》る手《て》に力《ちから》がはいった。

虎《とら》くんはバスケ部《ぶ》の人《ひと》たちと、関《かか》わりがあるのかな?

だとしても、野蛮《やばん》なんて言《い》い方《かた》はひどい……。

サッカー部《ぶ》の部員《ぶいん》さんたちが、バスケ部《ぶ》のことを問題児集団《もんだいじしゅうだん》だと言《い》っているのも聞《き》いたことがあるけど、バスケ部《ぶ》の人《ひと》たちは問題児《もんだいじ》なんかじゃない。

ウワサのことがあるから、私《わたし》のことを警戒《けいかい》してるけど……無理矢理《むりやり》追《お》いだそうとはしない人《ひと》たちなのに。

『でていってくれ。今後《こんご》サッカー部《ぶ》には関《かか》わるな』

軽蔑《けいべつ》するような目《め》で私《わたし》を見《み》る虎《とら》くんの顔《かお》が、頭《あたま》からはなれない。

虎《とら》くんには、今《いま》までの感謝《かんしゃ》の気持《きも》ちもあるけど……せっかく前《まえ》をむこうと思《おも》って、少《すこ》しずつ立《た》ちなおりはじめているんだ。

今《いま》は……連絡《れんらく》はしないでおこう……。

私《わたし》はそっと、虎《とら》くんの連絡先《れんらくさき》をブロックした。

サッカー部《ぶ》をやめろって言《い》ったのは虎《とら》くんなのに、バスケ部《ぶ》もやめろなんて……。

虎《とら》くんは、私《わたし》にどうなってほしいんだろうな……。

……なんて、悩《なや》んでいても仕方《しかた》ないよねっ……。

今《いま》はただ……バスケ部《ぶ》のマネージャーとしてがんばりたい。

違《い》和《わ》感《かん》

【side《サイド》 虎《とら》】

陽《よう》は誤解《ごかい》されやすいけど、やさしくて努力家《どりょくか》だ。

他人《たにん》の悪口《わるぐち》を言《い》わないし、人《ひと》に評価《ひょうか》をつけたりもしない。

人見知《ひとみし》りだから、他人《たにん》がいるときは緊張《きんちょう》して顔《かお》がこわばっているけど、俺《おれ》といるときはいつもにこにこしている。

俺《おれ》はそんな陽《よう》が……かわいくて仕方《しかた》なかった。

妹《いもうと》としてじゃなくて、ひとりの女《おんな》の子《こ》として。

陽《よう》は人見知《ひとみし》りだから男友《おとことも》だちがいないけど、すごくかわいいから昔《むかし》からモテた。

兄《あに》みたいに接《せっ》してるけど、陽《よう》のまわりにほかのやつが集《あつ》まらないように、俺《おれ》のものって牽制《けんせい》してきた。

陽《よう》のことは、だれにもわたさない。それに……陽《よう》だって俺《おれ》のことが好《す》きなはずだ。

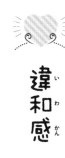

キャプテンになったら、俺《おれ》から告白《こくはく》してつきあおうと思《おも》っているし、陽《よう》も俺《おれ》の告白《こくはく》を断《ことわ》ったりはしないだろう。

そう思《おも》っていたある日《ひ》……マネージャーから、衝撃的《しょうげきてき》な報告《ほうこく》をうけた。

「あたしたち……涼風《すずかぜ》さんにいじめられてるんです」

最初《さいしょ》はありえないと思《おも》った。でも……。

「これ、見《み》てください」

マネージャーたちが見《み》せてきた、いやがらせのメッセージ。

陽《よう》の字《じ》だ……。まさか、陽《よう》がそんなことをしていたなんて……。

俺《おれ》の前《まえ》ではいつもいい子《こ》だから、裏切《うらぎ》られた気持《きも》ちになった。

すぐに陽《よう》を呼《よ》びだして、サッカー部《ぶ》のマネージャーをやめさせた。

その二日後《ふつかご》、衝撃的《しょうげきてき》なニュースが俺《おれ》の耳《みみ》にはいってきた。

「涼風《すずかぜ》さん、バスケ部《ぶ》のマネージャーになったらしいよ」

陽《よう》が、バスケ部《ぶ》の……？　ありえない。バスケ部《ぶ》は女子禁制《じょしきんせい》だ。

「キャプテンがみんなの前《まえ》で宣言《せんげん》したんだって」

は？　夜光《やこう》が……？

同《おな》じクラスの、夜光龍《やこうりゅう》。夜光《やこう》と俺《おれ》はお互《たが》いきらいあっていて交流《こうりゅう》はないけど、一年《ねん》から同《おな》じクラスだから少《すこ》しくらい性格《せいかく》はわかってる。

あいつの女子《じょし》ぎらいは重症《じゅうしょう》だ。女子《じょし》と話《はな》しているのを見《み》たことがないし、委員会《いいんかい》もグループ分《わ》けも、いつも女子《じょし》とは組《く》まないように徹底《てってい》している。

そんな男《おとこ》が、どうして陽《よう》と知《し》りあいなんだ……。

とにかく、このまま放《ほう》っておけない。

いやがらせをしていた陽《よう》に失望《しつぼう》したけど、陽《よう》のことをきらいになったわけじゃない。

陽《よう》がちゃんと反省《はんせい》したら許《ゆる》すつもりだし、陽《よう》は俺《おれ》のものだ。

バスケ部《ぶ》のマネージャーになるとか……絶対《ぜったい》に許《ゆる》さない……。

家《いえ》に帰《かえ》って、すぐに陽《よう》に連絡《れんらく》をした。

【バスケ部《ぶ》のマネージャーになったって聞《き》いたけど本当《ほんとう》？】

【あいつらは野蛮《やばん》だから、関《かか》わらないほうがいい】

既読《きどく》はついたのに、一向《いっこう》に返事《へんじ》が来《く》ることはなかった。

いつもならすぐにかえしてくれるのに……。

結局《けっきょく》、その日《ひ》返事《へんじ》が来《く》ることはなくて、陽《よう》からの返事《へんじ》が気《き》になって次《つぎ》の日《ひ》も部活《ぶかつ》に集中《しゅうちゅう》できなかった。

どうして返事《へんじ》をしてくれないんだ……せっかく俺《おれ》が、心配《しんぱい》して連絡《れんらく》したのに……。

「なあ、ユニフォームは？」

「あー、洗濯《せんたく》まだなの。ちょっと待《ま》って」

ん……？

部員《ぶいん》とマネージャーの会話《かいわ》が聞《き》こえて、そっちを見《み》る。

「はあ？　昨日《きのう》の朝《あさ》わたしたよな？　なんでまだなんだよ」

「困《こま》るって、俺替《おれか》えないのに」

「そんなこと言《い》われても、追《お》いついてないんだから仕方《しかた》ないじゃない」

「追《お》いついてないってなんでだよ」

「つーか、昨日《きのう》の練習試合《れんしゅうじあい》のスコアブックは？」

「……」

部員《ぶいん》に問《と》い詰《つ》められて、だまりこんでいるマネージャーたち。

「……知《し》らな～い。ていうか、スコアブックは部員《ぶいん》の仕事《しごと》じゃない？」

「そうそう、あたしたちルールわからないもん」

は……？　なに言《い》ってるんだ……？

マネージャーなのにルールがわからないとか、屁理屈《へりくつ》すぎるだろ。

ていうか、たしかにここ数日《すうじつ》、マネージャーの仕事《しごと》が全然《ぜんぜん》追《お》いついてない。

スコアブックもだけど、さっき見《み》たら日誌《にっし》もまともに書《か》いてなかったし……タオルや水分補給《すいぶんほきゅう》用《よう》のボトルの準備《じゅんび》もできてないし……。

こんなこと、今《いま》までなかったはず……。

「そういえば、涼風《すずかぜ》さんがいなくなってからだな……」

となりにいた部長《ぶちょう》が、ぼそっとつぶやいた。

……え？　いや……陽《よう》はがんばって働《はたら》いてくれてるって思《おも》ってたけど……マネージャーたちの報告《ほうこく》によれば、陽《よう》はほとんど仕事《しごと》をしていなかったって言《い》ってた。

俺《おれ》の前《まえ》や、部員《ぶいん》がいる前《まえ》でだけがんばっているようにふるまって……陰《かげ》ではぜんぶ仕事《しごと》をほかのマネージャーにおしつけてたって……。

ただ……たしかに、こんな状態《じょうたい》になったのは陽《よう》がいなくなってからだ。

「ま、待《ま》ってください……！　ちがうんです……！」

話《はなし》を聞《き》いていたのか、近《ちか》くにいたマネージャーのひとりが割《わ》ってはいってきた。

「涼風《すずかぜ》さんが、過去《かこ》のスコアブックも日誌《にっし》も、マニュアルもぜんぶ捨《す》てていったんです……！」

「だから、あたしたちも混乱《こんらん》してて……」

陽《よう》が……？　そこまで、するか……？

俺《おれ》の知《し》っている陽《よう》は、絶対《ぜったい》にそんなことはしない子《こ》だ。

俺《おれ》の前《まえ》では猫《ねこ》をかぶっているってほかのマネージャーは言《い》っていたけど……俺《おれ》は幼《おさな》いころから
ずっと陽《よう》を見《み》てきたし……。

『私《わたし》……身《み》におぼえが、ありません……』

ぜんぶがうそだったとは、思《おも》えない……。

「事情《じじょう》はわかった。とりあえず、練習《れんしゅう》に支障《ししょう》がでないようにがんばってくれ」

そう言《い》って、部長《ぶちょう》は練習《れんしゅう》にもどった。

とにかく、様子《ようす》を見《み》てみよう。きっとすぐに……いつものサッカー部《ぶ》にもどるはずだ。

知《し》らない龍《りゅう》さん

バスケ部《ぶ》にはいってから、一週間《いっしゅうかん》がたった。

みなさんとはすっかり普通《ふつう》に……とはいくわけもなく、相《あい》かわらず警戒《けいかい》させてしまっている状《じょう》態《たい》。

いつなにをしでかすかわからない爆弾《ばくだん》のように扱《あつか》われているのを感《かん》じながらも、最初《さいしょ》のときのようにじっと観察《かんさつ》されることはなくなった。

「陽《よう》ちゃん、空気《くうき》いれ持《も》ってきてもらっていい？」

「はい！」

仕事《しごと》も任《まか》せてもらえるようになって、少《すこ》しずつバスケ部《ぶ》のマネージャー業《ぎょう》には慣《な》れつつある。

「おはようございます……」

眠《ねむ》そうに目《め》をこすりながら、体育館《たいいくかん》にはいってきた宮《みや》さん。

宮《みや》さんがおはようございますって言《い》うときは、今登校《いまとうこう》してきた合図《あいず》だ。

「おまえ、補講《ほこう》くらうぞ」

壱《いち》さんが、宮《みや》さんを見《み》てため息《いき》を吐《つ》いている。

「ほんと、うちの部《ぶ》は時間《じかん》にルーズな子《こ》が多《おお》いねぇ。部員《ぶいん》は六人《にん》しかいないのに、遅刻常習犯《ちこくじょうしゅうはん》がふたりもいるなんて」

京先輩《けいせんぱい》の言葉《ことば》に、首《くび》をかしげた。

遅刻常習犯《ちこくじょうしゅうはん》がふたり？　宮《みや》さんだけだと思《おも》ってた……。

龍《りゅう》さんは毎日朝練《まいにちあされん》をしているし、影先輩《えいせんぱい》も遅刻《ちこく》はしなそうに見《み》える。

ちらっと壱《いち》さんを見《み》ると、不満《ふまん》そうな顔《かお》をしていた。

「おまえ、今俺《いまおれ》だと思《おも》っただろ。俺《おれ》はちげーからな」

え？　てことは……。

「じつは、僕《ぼく》も遅刻常習犯《ちこくじょうしゅうはん》なんだ……」

気《き》まずそうに、頭《あたま》をかいた影先輩《えいせんぱい》。意外《いがい》な事実《じじつ》に、目《め》を丸《まる》くした。

「朝起《あさお》きられなくて……」

そうだったんだ……。

「自律神経《じりつしんけい》のバランスとか、体調《たいちょう》の問題《もんだい》とか、いろいろありますもんね……」

朝《あさ》に起《お》きられないのにはさまざまな理由《りゆう》がある。影先輩《えいせんぱい》が不《ふ》まじめな人《ひと》だとは思《おも》えないし、きっとちゃんとした睡眠《すいみん》をとれていないのかもしれない。

「や、やさしいね」

「え?」

「普通《ふつう》、甘《あま》えだとか、不《ふ》まじめだって思《おも》われるのに……」

そんな……朝起《あさお》きられるからまじめってことじゃないと思《おも》うし、それだけで甘《あま》えなんていうのはただの決《き》めつけだと思《おも》う。

「だれにだって得意不得意《とくいふとくい》がありますよ」

そう言《い》うと、影先輩《えいせんぱい》は安心《あんしん》したように口元《くちもと》をゆるめた。

「あ、俺今日《おれきょう》早《はや》めに帰《かえ》ります! おむかえあるんで」

おむかえ……?

「壱《いち》は四人兄妹《よにんきょうだい》の長男《ちょうなん》なんだ」

龍《りゅう》さんの言葉《ことば》に、私《わたし》はまたおどろいた。

四人兄妹《よにんきょうだい》の長男《ちょうなん》……!

「弟《おとうと》と妹《いもうと》の保育園《ほいくえん》、夕方《ゆうがた》五時《じ》までにお迎《むか》えなんだよ。もうひとりの妹《いもうと》も塾《じゅく》あるし」

「壱《いち》はいいお兄《にい》ちゃんだね〜」

「べつに普通《ふつう》っすよ」

そっか……壱《いち》さんはお兄《にい》さんなんだ……。

少《すこ》しだけ、納得《なっとく》した気《き》がする。壱《いち》さんって、同級生《どうきゅうせい》なのにどこか大人《おとな》びているように感《かん》じるときがあって、面倒見《めんどうみ》もすごくいいから。

「ちなみに、俺《おれ》も早退《そうたい》するね」

笑顔《えがお》で手《て》をあげた京先輩《けいせんぱい》。疑《うたが》うように、壱《いち》さんが目《め》を細《ほそ》めた。

「ちなみに、理由《りゆう》は？」

「女《おんな》の子《こ》とデート」
デ、デート……。
「はぁ……そんなことだろうと思《おも》いました」

「ふふっ。陽《よう》ちゃんも今度《こんど》デートしようね」

え？　わ、私《わたし》？

「おい、京《けい》」

「あはは、冗談《じょうだん》だから怒《おこ》らないでよ龍《りゅう》」

冗談《じょうだん》でも、そんなこと言《い》うってことは……今日《きょう》デートする人《ひと》は恋人《こいびと》じゃないってことかな？

京先輩《けいせんぱい》はなにを考《かんが》えているのかわからないところがあるから、部活動以外《ぶかつどういがい》での姿《すがた》が、全然想像《ぜんぜんそうぞう》できない。

ただ……不《ふ》まじめな人《ひと》には、どうにも思《おも》えない。

京先輩《けいせんぱい》はいつもバスケ部《ぶ》の中心《ちゅうしん》にいて、よくまわりを見《み》ている。

龍《りゅう》さんが壱《いち》さんや宮《みや》さんに声《こえ》をかけているのはあまり見《み》ないけど、京先輩《けいせんぱい》は満遍《まんべん》なくみんなと話《はな》しているし、怒《おこ》ったり声《こえ》を荒《あら》らげたりすることもなくいつも笑顔《えがお》だ。

壱《いち》さんや宮《みや》さんに対《たい》しても、上下関係《じょうげかんけい》なく接《せっ》しているように見《み》えるし、理想《りそう》の先輩《せんぱい》を体現《たいげん》している人《ひと》だと思《おも》う。

『遅刻欠席常習犯《ちこくけっせきじょうしゅうはん》がいたり、女好《おんなず》きのチャラい人《ひと》がいたり、元《もと》ヤンもいるってウワサだからでしょ』

きっと、女好《おんなず》きのチャラい人《ひと》っていうのは京先輩《けいせんぱい》のことだと思《おも》うけど……チャラいっていうより、気《き》さくでいい人《ひと》だって私《わたし》は感《かん》じていた。

京先輩《けいせんぱい》だけじゃない。

虎《とら》くんがあいつらは野蛮《やばん》だって言《い》っていたけど……バスケ部《ぶ》のみなさんは、みんないい人《ひと》だと思《おも》う。

なにか誤解《ごかい》があって「問題児集団《もんだいじしゅうだん》」なんて呼《よ》ばれ方《かた》をしているのかもしれない……本人《ほんにん》たちも否定《ひてい》しないから、ますますイメージが強《つよ》くなっちゃっただけで……。

それに、まわりに自分《じぶん》をよく見《み》せようとしないみなさんは、私《わたし》にはカッコよく見《み》える。

私《わたし》に対《たい》しても、警戒心《けいかいしん》を持《も》っているのは感《かん》じるけど……普通《ふつう》に接《せっ》してくれているし……。

「邪魔《じゃま》」

宮《みや》さんの声《こえ》が聞《き》こえて、ハッと我《われ》にかえる。

「す、すみません」

……前言撤回《ぜんげんてっかい》。

宮《みや》さんだけは……私《わたし》に対《たい》していつも、敵意《てきい》が丸《まる》だしだ。

「宮《みや》、その言《い》い方《かた》はないだろ」

「……すみません」

いつも龍《りゅう》さんの言《い》うことは素直《すなお》に聞《き》いている宮《みや》さん。

宮《みや》さんは私《わたし》のことが大《だい》きらいだろうし、こわいけど……だけどやっぱり、宮《みや》さんも悪《わる》い人《ひと》だとは思《おも》えないんだ。

ただ……自分《じぶん》に素直《すなお》な人《ひと》というか……。

いつか宮《みや》さんとも普通《ふつう》に話《はな》せたらと思《おも》うけど、それは夢《ゆめ》のままで終《お》わりそうだ。


「京《けい》さん、その紙《かみ》なんっすか？」

休憩中《きゅうけいちゅう》に、壱《いち》さんが京先輩《けいせんぱい》が持《も》っている紙《かみ》をじっと見《み》た。

「部活動《ぶかつどう》の報告書《ほうこくしょ》……俺《おれ》、報告書《ほうこくしょ》とかほんとにきらい……」

「はぁ……」と、深《ふか》いため息《いき》を吐《つ》いた京先輩《けいせんぱい》。

「龍《りゅう》さんに任《まか》せたらどうっすか？」

ちなみに、龍《りゅう》さんは顧問《こもん》の先生《せんせい》との話《はなし》があってさっき体育館《たいいくかん》からでていった。

「龍《りゅう》もきらいなんだよ。副《ふく》キャプテンとして普段《ふだん》なにもしてないから、書類提出《しょるいていしゅつ》くらいはと思《おも》ってひきうけてるけど……なに書《か》けばいいんだろう」

「私《わたし》、まとめておきます」

京先輩《けいせんぱい》に伝《つた》えると、私《わたし》を見《み》てなぜかびっくりしていた。

「え？　いいの？」

「はい。時間《じかん》があるので」

私《わたし》は書《か》くことが好《す》きだから、日誌《にっし》とか書類《しょるい》を作《つく》るのは苦《く》じゃない。

「ありがとう！　はぁ、俺《おれ》のストレスがひとつへったよ～」

そんなにいやだったのか、京先輩《けいせんぱい》は目《め》をきらきらさせながら私《わたし》を見《み》ていた。

あれ……？

宮《みや》さんが私《わたし》をにらんでいることに気《き》づいて、びくりと肩《かた》がはねる。

「おまえ、俺《おれ》たちのご機嫌《きげん》とりでもしたいのか」

「え？」

「そんな一生懸命《いっしょうけんめい》やってます感《かん》だされても、俺《おれ》たちはおまえのこと認《みと》めないから」

宮《みや》さんの目《め》には、私《わたし》への強《つよ》い敵意《てきい》が見《み》えた。

あ……。

『でていってくれ。今後《こんご》サッカー部《ぶ》には関《かか》わるな』

あの日《ひ》の虎《とら》くんや部長《ぶちょう》たちの姿《すがた》と重《かさ》なって、なにも言《い》えなくなってしまう。

「おい、それは流石《さすが》に言《い》いすぎだろ……」

「ちっ……」

壱《いち》さんの言葉《ことば》にさらに機嫌《きげん》を悪《わる》くした宮《みや》さんは、そのまま体育館《たいいくかん》からでていってしまった。

「まったく……宮《みや》って、懐《なつ》かない猫《ねこ》みたい。陽《よう》ちゃん、うちの後輩《こうはい》がごめんね〜。あいつは特《とく》に警戒心《けいかいしん》が強《つよ》くて」

「いえ……私《わたし》のほうこそ……」

宮《みや》さんは女子《じょし》がきらいだって聞《き》いているし、私《わたし》への対応《たいおう》も理解《りかい》できる。

「過去《かこ》に、なにか辛《つら》い経験《けいけん》があったんでしょうか……」

ウワサのこともあるけど、それ以外《いがい》にも私《わたし》をうけいれられない理由《りゆう》があるんだと思《おも》っていた。

「……怒《おこ》らないの？」

え……？

不思議《ふしぎ》に思《おも》って京先輩《けいせんぱい》を見《み》ると、なぜかおどろいた表情《ひょうじょう》で私《わたし》を見《み》ている。

どうしておどろいているのかわからないけど、怒《おこ》る理由《りゆう》がない。

もとはといえば、部外者《ぶがいしゃ》は私《わたし》のほうだし……追《お》いださないでいてくれるだけ、やさしいと思《おも》う。

なにより、私《わたし》は宮《みや》さんのことを、すごいなって思《おも》っていた。

「あんなふうに、自分《じぶん》の気持《きも》ちを正直《しょうじき》に言葉《ことば》にできる人《ひと》は、尊敬《そんけい》します」

サッカー部《ぶ》をやめたとき、なにも言《い》えなかった自分《じぶん》が情《なさ》けなかった。

だれも信《しん》じてくれないって、言《い》うだけむだなんだって思《おも》ったけど……そんなの言《い》いわけだ。

結局《けっきょく》こわくて、私《わたし》はあの場《ば》から逃《に》げてしまった。

だから……自分《じぶん》の思《おも》いを恐《おそ》れずに口《くち》にできる宮《みや》さんが、私《わたし》にはまぶしく見《み》えた。

「……陽《よう》ちゃんって、ほんとに変《へん》な子《こ》だね。龍《りゅう》があそこまで特別扱《とくべつあつか》いしてるのも、ちょっとわかるかも」

へ、変《へん》……？　それは……ショック……。

それに、特別扱《とくべつあつか》い……？

「龍《りゅう》さんが女子《じょし》連《つ》れてきたことに宮《みや》は拗《す》ねてんだよ。自分《じぶん》と同《おな》じだと思《おも》って龍《りゅう》さんのこと尊敬《そんけい》してたから、おいていかれたような気分《きぶん》になってんだろ。龍《りゅう》さんのほうが宮《みや》より女子《じょし》ぎらい激《はげ》しいし、女子禁制《じょしきんせい》ルール作《つく》るくらいだったのに」

……え？

「龍《りゅう》さんが……女子《じょし》ぎらい……？」

私《わたし》にとって、衝撃的《しょうげきてき》な発言《はつげん》だった。

「は？　知《し》らないのか？　有名《ゆうめい》だろ？」

「あ、あの、はじめて聞《き》きました……」

「ほんと？　龍《りゅう》の女子《じょし》ぎらいは全校生徒《ぜんこうせいと》公認《こうにん》だと思《おも》ってたよ」

「う、うん、龍《りゅう》くんは女子生徒《じょしせいと》を視界《しかい》にすらいれないから……」

壱《いち》さんと京先輩《けいせんぱい》だけじゃなく、影先輩《えいせんぱい》までうなずいている。

衝撃《しょうげき》の事実《じじつ》に、あいた口《くち》が塞《ふさ》がらなくなった。

「龍《りゅう》の女《おんな》の子《こ》ぎらいは異常《いじょう》だよ。宮《みや》なんてかわいく見《み》えるくらい」

「徹底《てってい》してますよね」

「だから、陽《よう》ちゃんをいれたいって龍《りゅう》が言《い》ったとき、みんなおどろいたんだよ」

まったく知《し》らなかった……。

だったらどうして……私《わたし》に声《こえ》をかけてくれたんだろう。

龍《りゅう》さんにとって、私《わたし》は女子《じょし》にははいってないってことかな？

「ねえ、ふたりって本当《ほんとう》につきあってないんだよね？」

京先輩《けいせんぱい》が、じーっと私《わたし》を見《み》てそんなことを聞《き》いてきた。

この前《まえ》も壱《いち》さんにそんなこと聞《き》かれたけど……あ、ありえない。

「は、はい」

あんなにすてきな人《ひと》が、私《わたし》みたいな悪《わる》いウワサばっかりの人間《にんげん》を好《す》きになるわけない……。

あ……でも、その言《い》い方《かた》は、私《わたし》のことを信《しん》じてくれた龍《りゅう》さんに対《たい》して、失礼《しつれい》だ……。

龍《りゅう》さんはきっと、ウワサで判断《はんだん》するような人《ひと》じゃないから。

ただウワサを抜《ぬ》きにしても、私《わたし》と龍《りゅう》さんじゃ釣《つ》りあわなすぎるからありえない。

「うーん……じゃあ龍《りゅう》の片思《かたおも》いか〜……」

「え？」

「ううん、なにも。あの龍《りゅう》がねぇ……こういう子《こ》が好《この》みだったとは……意外《いがい》だな〜」

「なんでっすかねぇ……」

「し、失礼《しつれい》だよっ……」

しみじみとうなずいている京先輩《けいせんぱい》と、憐《あわ》れむようにため息《いき》を吐《つ》いている壱《いち》さん。そんなふたりを見《み》て苦笑《にがわら》いしている影先輩《えいせんぱい》。

龍《りゅう》さんが、女子《じょし》ぎらいか……。

最近龍《さいきんりゅう》さんのことがわかってきたと思《おも》ったけど、またわからなくなった気《き》がした。

怒《いか》り

急《いそ》がなきゃ……！

委員会《いいんかい》の仕事《しごと》が終《お》わって、あわてて教室《きょうしつ》をでる。

思《おも》っていた以上《いじょう》に会議《かいぎ》が長《なが》びいてしまった……。

龍《りゅう》さんには事前《じぜん》に言《い》ってあるから、今日《きょう》はひとりで部室《ぶしつ》にむかう。

そういえば、ひとりで行《い》くのは、はじめてだな……。

いつも龍《りゅう》さんがむかえにきてくれていたから……。

バスケ部《ぶ》のマネージャーになってから、早《はや》いものでもう十日《とおか》がすぎた。

最初《さいしょ》はどうなることかと思《おも》ったけど……想像《そうぞう》していたよりは、なんとかうまくいっていると、思《おも》う。

……って、そんなこと考《かんが》えてる場合《ばあい》じゃないっ……は、早《はや》くしなきゃ……！

体操服《たいそうふく》に着替《きが》えて、体育館《たいいくかん》に走《はし》ってきた。

「だから、俺《おれ》たちじゃねーって言《い》ってんだろ！」

中《なか》にはいろうとしたとき、壱《いち》さんの怒《おこ》ったような声《こえ》が聞《き》こえて立《た》ちどまった。

な、なにごと……？

体育館《たいいくかん》の入《い》り口《ぐち》のところにいた、龍《りゅう》さん以外《いがい》のバスケ部《ぶ》のみなさんと、生徒指導《せいとしどう》の先生《せんせい》。

「あ、あの……」

私《わたし》に気《き》づいたみなさんが、一斉《いっせい》にこっちをむく。

「あ、陽《よう》ちゃん、おつかれ」

「おお、涼風《すずかぜ》……！　そういえば、バスケ部《ぶ》のマネージャーになったそうだな……！」

京先輩《けいせんぱい》につづいて、先生《せんせい》が大《おお》きな声《こえ》でそう言《い》った。

この先生《せんせい》はたしか男子体育《だんしたいいく》の担当《たんとう》でもあり、卓球部《たっきゅうぶ》の顧問《こもん》だったはず。熱血《ねっけつ》で有名《ゆうめい》だから、普《ふ》段《だん》から声《こえ》も大《おお》きい。

「あの、なにかあったんですか……？」

顧問《こもん》でもない先生《せんせい》が、バスケ部《ぶ》に来《く》るなんて……それに、もめていたみたいだし……。

「それが、他校《たこう》の卓球部《たっきゅうぶ》の生徒《せいと》が、うちの生徒《せいと》に暴力《ぼうりょく》をふるわれたって言《い》ってるんだ」

ぼ、暴力事件《ぼうりょくじけん》……？

そんなことがあったなんて……。

「だから、バスケ部《ぶ》に話《はなし》を聞《き》きにきたんだよ」

「え……？」

どういうこと……？

どうして暴力事件《ぼうりょくじけん》が起《お》こったからって、バスケ部《ぶ》に聞《き》きにくることになるの……？

「こいつ、俺《おれ》らじゃねーって言《い》ってんのにしつこいんだよ」

壱《いち》さんが、不機嫌《ふきげん》な顔《かお》をしている。

私《わたし》も、バスケ部《ぶ》の人《ひと》たちがそんなことをするとは思《おも》えない。

「この前《まえ》も部員《ぶいん》のひとりがもめごとを起《お》こして謹慎《きんしん》になっただろ」

謹慎《きんしん》……？

そういえば……。

『それに、この前《まえ》ひとり謹慎《きんしん》になったらしいよ』

サッカー部《ぶ》のマネージャーさんたちが、話《はな》していたのを思《おも》いだした。

「暴力事件《ぼうりょくじけん》を起《お》こすような生徒《せいと》は、バスケ部《ぶ》しかいないからな」

ど、どうして、そんなこと言《い》うんだろう……。

謹慎《きんしん》している人《ひと》が、どんな理由《りゆう》で謹慎《きんしん》になったのかはわからないけど……そんな決《き》めつけるような言《い》い方《かた》はあんまりだ。

先生《せんせい》は、完全《かんぜん》にバスケ部《ぶ》を疑《うたが》っているみたいで、壱《いち》さんたちを観察《かんさつ》するようにじーっと見《み》ている。

「な、なにかの勘《かん》ちがいだと思《おも》います……！　バスケ部《ぶ》のみなさんが、そんなことするはずありません……」

とにかく……どうやって疑《うたが》いを晴《は》らすか考《かんが》えないと……。

「あの、その暴力事件《ぼうりょくじけん》って、いつの話《はなし》ですか……？」

「昨日《きのう》の放課後《ほうかご》だ。たしか、夕方《ゆうがた》五時《じ》ごろに駅前《えきまえ》で喧嘩《けんか》をふっかけられたって言《い》っていたんだ」

昨日《きのう》……？

あっ……。

「ちょっと待《ま》ってください……！」

私《わたし》は持《も》っていたスコアシートをひらいて、昨日《きのう》のページを確認《かくにん》した。

「昨日《きのう》は、練習試合《れんしゅうじあい》をしていました。これ……スコアシートです」

この前《まえ》もした、三対《たい》二形式《けいしき》の試合《しあい》。

「試合時間《しあいじかん》も書《か》いています。私《わたし》が書《か》いたので、まちがいありません。その時間帯《じかんたい》、バスケ部《ぶ》のみなさんは絶対《ぜったい》に体育館《たいいくかん》にいました」

だれが何点《なんてん》いれたかも、ちゃんと書《か》いている。

私《わたし》が捏造《ねつぞう》したって言《い》われたらそれまでかもしれないけど……そうなったら、昨日《きのう》のできごとを信《しん》じてもらえるまでとことん説明《せつめい》するだけだ。

「体育館《たいいくかん》からでていった人《ひと》はいません」

はっきりとそう言《い》うと、先生《せんせい》は表情《ひょうじょう》をくずした。

「そ、そうかそうか、おまえたちじゃなかったのか」

信《しん》じてもらえたみたい……。

先生《せんせい》の笑顔《えがお》を見《み》て、ほっと胸《むね》をなでおろす。

「……おい、涼風《すずかぜ》の言《い》うことは信《しん》じるのかよ」

「涼風《すずかぜ》は優等生《ゆうとうせい》だからな」

壱《いち》さんが、私《わたし》の耳元《みみもと》で「おまえ……教師《きょうし》からの評判《ひょうばん》はいいんだな」とつぶやいた。

「成績《せいせき》一位《い》だからってだけだろ」

「……う、疑《うたが》いが晴《は》れたならよかったです」

「はぁ……つかれた」

宮《みや》さんは不満《ふまん》そうにしていて、影先輩《えいせんぱい》は一安心《ひとあんしん》している。京先輩《けいせんぱい》は、めんどくさそうにため息《いき》をついていた。

「ま、話《はなし》はそれだけだ！　それじゃあ、部活《ぶかつ》がんばれよ」

え……？

「……待《ま》ってください」

帰《かえ》っていこうとする先生《せんせい》の背中《せなか》に、思《おも》わず声《こえ》を投《な》げた。

どうして……なにも言《い》わずに、行《い》ってしまうんだろう……。

「バスケ部《ぶ》のみなさんに、あやまってください」

「え？」

私《わたし》の言葉《ことば》に、先生《せんせい》がきょとんとしている。

「陽《よう》ちゃん？」

うしろから京先輩《けいせんぱい》のとまどっているような声《こえ》が聞《き》こえたけど、気《き》にせず先生《せんせい》をじっと見《み》つめた。

勇《ゆう》敢《かん》なマネージャー

【side《サイド》 影《えい》】

「バスケ部《ぶ》のみなさんに、あやまってください」

いつも静《しず》かすぎるくらい、口数《くちかず》が少《すく》ない涼風《すずかぜ》さん。

口調《くちょう》を荒《あら》らげているところも見《み》たことがないし、宮《みや》くんや壱《いち》くんに理不尽《りふじん》なことを言《い》われても、しゅんとしているだけで怒《おこ》ったりは絶対《ぜったい》にしなかった。

不機嫌《ふきげん》になることさえなかったから、そういう子《こ》なんだと思《おも》っていたけど……。

「先生《せんせい》に疑《うたが》われたみなさんの心《こころ》には……一生消《いっしょうけ》せない傷《きず》が残《のこ》ります……！」

別人《べつじん》かと思《おも》うくらい大《おお》きな声《こえ》で、先生《せんせい》に抗議《こうぎ》した。

怒《おこ》ってる……？　ぼ、僕《ぼく》たちの、ために……？

「だから、ちゃんとあやまってください……」

べつに、疑《うたが》われるのには慣《な》れているし、問題児集団《もんだいじしゅうだん》って言《い》われているのも知《し》ってる。

もうみんなあきれているし、どうでもいいから否定《ひてい》もしていない状態《じょうたい》だった。

だから、ほかのみんながどう思《おも》っているかはわからないけど……僕《ぼく》はこうやって否定《ひてい》してもらえて、うれしかった。

「あ、ああ、そうだな、先生《せんせい》が悪《わる》かった……！　証拠《しょうこ》もなく疑《うたが》ってすまない……これからは、こんなことはしないって約束《やくそく》するよ。本当《ほんとう》に悪《わる》かった……」

いつも僕《ぼく》たちを見《み》くだしている先生《せんせい》が、頭《あたま》をさげたことにおどろいた。

壱《いち》くんも京《けい》くんも宮《みや》くんも、目《め》を丸《まる》くしている。

「ふんっ、次《つぎ》やったら教育委員会《きょういくいいんかい》に訴《うった》えてやるからな！」

「い、壱《いち》くん、調子《ちょうし》に乗《の》っちゃダメだよっ……」

「……ちっ」

「はいはい、帰《かえ》って帰《かえ》って」

「ぶ、部活動《ぶかつどう》がんばれよ……！」

逃《に》げるように、帰《かえ》っていった先生《せんせい》。

えっと……どうしよう……。お礼《れい》、言《い》ったほうがいいよねっ……。

そう思《おも》ったけど、だまっていた涼風《すずかぜ》さんが、突然《とつぜん》くるりとこっちをむいた。

そのまま、さっきの先生《せんせい》よりも深《ふか》く、頭《あたま》をさげた涼風《すずかぜ》さん。

「か、勝手《かって》なことをして、すみませんでした……わすれものしたのでとってきます」

え……ど、どうして、涼風《すずかぜ》さんがあやまるんだろう……。

おどろいてとまどっているうちに、涼風《すずかぜ》さんは走《はし》っていってしまった。

「……びびった……」

壱《いち》くんが、涼風《すずかぜ》さんがでていった方向《ほうこう》を見《み》ながらぼそっとつぶやいた。

「うん……陽《よう》ちゃんって、怒《おこ》るんだね……」

「自分《じぶん》のことでは怒《おこ》らないのに、俺《おれ》たちのためにあんな怒《おこ》るなんて、変《へん》なの」

京《けい》くんも宮《みや》くんも、おどろきがかくせないみたいだ。

「そ、そうっすね！　い、意味《いみ》わかんねぇやつっすねぇ～……」

壱《いち》くん……ちょっとうれしそう……。

「なんか……かっこよかったね」

僕《ぼく》も思《おも》ったことを口《くち》にすると、京《けい》くんが笑顔《えがお》でうなずいてくれた。

「うん。勇敢《ゆうかん》な女《おんな》の子《こ》っていいなぁ～。普段《ふだん》とのギャップも」

「ちょっと、なに言《い》ってるんっすか……あんなの俺《おれ》たちをだます罠《わな》っすよ」

「うーん、今《いま》の勇気《ゆうき》は、さすがに認《みと》めてあげてもいいんじゃない？」

京《けい》くんの言葉《ことば》に、宮《みや》くんは顔《かお》をしかめた。

宮《みや》くんは特《とく》に女《おんな》の子《こ》がきらいだから、マネージャーも女《おんな》の子《こ》のことも信用《しんよう》していない。

僕《ぼく》だって、最初《さいしょ》はそうだった。でも……。

「僕《ぼく》……ずっと気《き》になってたんだけど……あのウワサって、本当《ほんとう》なのかな？」

僕《ぼく》の言葉《ことば》に、みんなが視線《しせん》をこっちにむけた。

「僕《ぼく》、おどおどしてるから、相当《そうとう》きらわれてるんだけど……同《おな》じクラスのサッカー部《ぶ》のマネージャーさんたちには特《とく》にきらわれてて……」

サッカー部《ぶ》のマネージャーは全部活《ぜんぶかつ》の中《なか》でもいちばん人数《にんずう》が多《おお》いから、僕《ぼく》のクラスにも三人《にん》いる。

「お昼休《ひるやす》みに勝手《かって》に席《せき》をとられてたり、日直《にっちょく》とか掃除《そうじ》をおしつけられたこともあって……だから、彼女《かのじょ》たちがいやがらせ〝される側《がわ》〟だとは思《おも》えない。それに……涼風《すずかぜ》さん、すごくやさしいんだ」

涼風《すずかぜ》さんがはいってから一週間《いっしゅうかん》と少《すこ》したつけど……一度《いちど》もウワサどおりの人《ひと》だと思《おも》ったことがない。

「僕《ぼく》が説明《せつめい》することをわすれて、あたふたしてるときもじっと待《ま》ってくれるし、困《こま》ってるとたすけてくれる。マネージャーの仕事《しごと》についても、すごく慣《な》れてるように見《み》える。みんなだってそう思《おも》うでしょ……？」

初日《しょにち》はルールもわからなかったのに、次《つぎ》の日《ひ》には審判《しんぱん》ができるくらい知識《ちしき》をたたきこんできた。たのんでいない仕事《しごと》も率先《そっせん》してやってくれるし、いつもきれいな字《じ》で日誌《にっし》とスコアシートを書《か》いてくれている。さっき、先生《せんせい》が信《しん》じたのも……涼風《すずかぜ》さんがあまりにも細《こま》かく試合《しあい》の内容《ないよう》を書《か》いてくれていたからだ。

どう見《み》てもマネージャー経験《けいけん》がある人《ひと》の書《か》き方《かた》だし、仕事《しごと》をおしつけていた人《ひと》とは思《おも》えない。

「まあ……違和感《いわかん》はありますね……」

「うーん……少《すく》なくとも、俺《おれ》から見《み》た陽《よう》ちゃんは、ウワサで聞《き》いてた女《おんな》の子《こ》とはちがうかな」

やっぱり……みんなもそう思《おも》ってたんだ……。

「この前《まえ》も朝早《あさはや》くに来《き》て、備品《びひん》の整理《せいり》をしてくれてた。見《み》えないところでも、バスケ部《ぶ》のために働《はたら》いてくれてるんだよ」

「……それもあいつの作戦《さくせん》ですよ」

ずっとだまっていた宮《みや》くんが、口《くち》をひらいた。

「俺《おれ》たちへのポイント稼《かせ》ぎっすよ。気《き》にいられようとして……」

「そうだとしても、ここまでしないと思《おも》う。純粋《じゅんすい》に、マネージャーとしてがんばってくれてるんじゃないかな。僕《ぼく》にはウワサが本当《ほんとう》だとは、思《おも》えない……」

「でも……」

「――宮《みや》」

うしろから龍《りゅう》くんの声《こえ》が聞《き》こえて、全員一斉《ぜんいんいっせい》にふりかえった。

「何回《なんかい》も言《い》ってるけど、陽《よう》は宮《みや》が思《おも》ってるような子《こ》じゃない」

龍《りゅう》くん……怒《おこ》ってる……？　というか、い、いつからいたんだろう……。

「たすけられたなら、全員《ぜんいん》ちゃんとお礼《れい》言《い》うように」

そう言《い》って、部室《ぶしつ》のほうにむかった龍《りゅう》くん。

ずっと見《み》てたのかな……龍《りゅう》くんはたまに、なにを考《かんが》えているのかわからないことがある。

だけど、僕《ぼく》がいちばん尊敬《そんけい》している人《ひと》だ。

龍《りゅう》くんが悪《わる》いウワサのある女《おんな》の子《こ》をマネージャーにしたいって言《い》いだしたときはおどろいたし、正直少《しょうじきすこ》し失望《しつぼう》した気持《きも》ちもあったけど……やっぱり、龍《りゅう》くんはすごい。

今《いま》はウワサだけ聞《き》いて涼風《すずかぜ》さんを疑《うたが》っていた自分《じぶん》がまちがってたって、素直《すなお》に認《みと》めることができた。

二週間《しゅうかん》の臨時《りんじ》だって言《い》っていたけど……涼風《すずかぜ》さんがいなくなってしまうのは少《すこ》し……ううん、すごくさみしい……。

できれば、このまま、バスケ部《ぶ》にいてくれないかななんて……思《おも》いはじめている自分《じぶん》がいた。

特《とく》別《べつ》扱《あつか》い

バスケ部《ぶ》にはいって、もうすぐ二週間《しゅうかん》。

臨時《りんじ》の期間《きかん》もあと少《すこ》しで終《お》わりだ……。

そう思《おも》うと、少《すこ》しさみしい気持《きも》ちがこみあげた。

二週間前《しゅうかんまえ》は、バスケについてまったく知《し》らなかったけど、勉強《べんきょう》していくうちに好《す》きになってきて、昨日《きのう》も夜遅《よるおそ》くまで試合《しあい》の動画《どうが》を見《み》ていた。

おかげで寝坊《ねぼう》してしまって、お弁当《べんとう》を作《つく》る時間《じかん》がなかったから、今日《きょう》は購買《こうばい》にパンを買《か》いにきた。

「ねえ、知《し》ってる？　サッカー部《ぶ》のこと」

購買部《こうばいぶ》の列《れつ》に並《なら》んでいるとき、前《まえ》の女《おんな》の子《こ》たちの会話《かいわ》が聞《き》こえてしまった。

サッカー部《ぶ》……？

「なんか今内部分裂《いまないぶぶんれつ》してるらしいよ。いろいろめちゃくちゃだって、今日《きょう》うしろの席《せき》のサッカー部《ぶ》の子《こ》が話《はな》してたの」

「あたしも聞《き》いた。マネージャーと部員《ぶいん》でもめたとか……」

「部活《ぶかつ》どころじゃないんだって」

その言葉《ことば》に、耳《みみ》を疑《うたが》った。

もめたって……虎《とら》くん、大丈夫《だいじょうぶ》なのかな……。

……ううん、もう私《わたし》はサッカー部《ぶ》とも、虎《とら》くんとも関係《かんけい》ないんだ。

考《かんが》えるのはやめよう……。

自分《じぶん》の番《ばん》が来《き》て、サンドイッチとリンゴジュースを購入《こうにゅう》する。

あれ……？

列《れつ》からはなれたとき、となりの列《れつ》に龍《りゅう》さんの姿《すがた》を見《み》つけた。

龍《りゅう》さんから少《すこ》しはなれた場所《ばしょ》には、女《おんな》の子《こ》たちがたくさんいる。

みんな龍《りゅう》さんを見《み》て、目《め》をハートにしていた。

す、すごい人《ひと》だかり……。

龍《りゅう》さん本人《ほんにん》はまったく気《き》にしていないのか、チョコと水《みず》を購入《こうにゅう》して購買部《こうばいぶ》をでようとしている。

みんな遠巻《とおま》きに見《み》ているのは……やっぱり龍《りゅう》さんが女《おんな》の子《こ》ぎらいだからなのかな……？

まだ真相《しんそう》はたしかめていないけど、バスケ部《ぶ》のみなさんが言《い》っていたし、有名《ゆうめい》だとも言《い》っていた。

みんなウワサを知《し》っているから、近《ちか》づけないのかもしれない。

そんな中《なか》、女《おんな》の子《こ》ふたり組《ぐみ》がそっと龍《りゅう》さんに近《ちか》づいた。

「あの、よかったらお裾分《すそわ》けです……」

「これ、家庭科《かていか》で作《つく》ったんです……！　食《た》べてください……！」

わ……す、すごい、差《さ》しいれなんて、ドラマみたいっ……。

「……」

あ、あれ……？

龍《りゅう》さんはまるで女《おんな》の子《こ》たちの声《こえ》が聞《き》こえていないかのように、目《め》の前《まえ》をとおりすぎていった。

む、無視《むし》……？

龍《りゅう》さんって……本当《ほんとう》に、女《おんな》の子《こ》が苦手《にがて》なんだ……。

なにかのまちがいじゃないかと思《おも》っていたけど……その光景《こうけい》を目《ま》のあたりにして、納得《なっとく》した。

「なあ龍《りゅう》、それ一個《いっこ》くれよ」

龍《りゅう》さんの友《とも》だちと思《おも》われる人《ひと》が、そう言《い》って龍《りゅう》さんの持《も》っているチョコを見《み》ている。

「自分《じぶん》で買《か》え」

「一個《いっこ》くらいいいじゃん」

「むり」

はっきりと断《ことわ》った龍《りゅう》さんを見《み》て、またおどろいてしまう。

友《とも》だちに対《たい》しても、ちょっと冷《さ》めてる感《かん》じなのかな……？

いつもの龍《りゅう》さんとは別人《べつじん》に見《み》える……。

「龍《りゅう》ってマジで分《わ》けてくれないよな〜。スイーツへの執着半端《しゅうちゃくはんぱ》ない」

「ケチだな」と言《い》って、ふてくされている龍《りゅう》さんのお友《とも》だち。

スイーツへの執着《しゅうちゃく》……？

でも、龍《りゅう》さんは最初《さいしょ》に会《あ》ったときに、チョコレートを分《わ》けてくれた。

あっ……。

じっと見《み》ていると、龍《りゅう》さんがこっちに気《き》づいた。

視線《しせん》がぶつかって、なんだか気《き》まずくなる。

そんな私《わたし》とは対照的《たいしょうてき》に、龍《りゅう》さんはぱっと表情《ひょうじょう》を明《あか》るくさせた。

「陽《よう》」

龍《りゅう》さんの笑顔《えがお》に、まわりがざわついたのがわかった。

「ねえ、龍《りゅう》さま笑《わら》ってる……！」

「なんで……⁉　どういうこと……⁉」

こっちに来《き》てくれた龍《りゅう》さんが、私《わたし》の前《まえ》で立《た》ちどまる。

「校内《こうない》で会《あ》うのめずらしい。陽《よう》も昼飯《ひるめし》買《か》いにきたの？」

「は、はい」

「そっか。あ……そうだ、手《て》だして」

さっき友《とも》だちにはあげないと言《い》ったチョコをとりだして、私《わたし》の手《て》に載《の》せた龍《りゅう》さん。

「**俺《おれ》のおすすめ、あげる**」

え……い、いいのかな……。

龍《りゅう》さんのお友《とも》だちが、ぽかんとした顔《かお》でこっちを見《み》ている。

「え……龍《りゅう》が甘《あま》いもの人《ひと》にあげてる……まじか」

はじめて会《あ》ったとき、あまり深《ふか》く考《かんが》えずにうけとったチョコレート。

だけどあのチョコレートは……すごくすごく貴重《きちょう》なチョコレートだったのかもしれない。

だれにでもやさしくて、なんでも分《わ》け与《あた》える人《ひと》だと思《おも》ってた。

でも、もしかしたら……特別扱《とくべつあつか》い、してくれているのかな……？

「あ、そうだ。よかったら一緒《いっしょ》に食《た》べない？　友《とも》だちと約束《やくそく》してる？」

「あの、龍《りゅう》さんのお友《とも》だちは……」

「ああ、あいつらは偶然会《ぐうぜんあ》っただけだから気《き》にしないで。行《い》こ」

龍《りゅう》さんはそう言《い》って、私《わたし》の手《て》を握《にぎ》った。

まわりから、女《おんな》の子《こ》の悲鳴《ひめい》が聞《き》こえる。

つながれた手《て》が熱《あつ》くて、ドキドキしながら龍《りゅう》さんについていった。

ヒーロー

着《つ》いたのは、いつもの花《か》だん。

花《か》だんのうしろにベンチがあるから、ふたりでそこにすわった。

だれかとお昼《ひる》ごはんを食《た》べるなんて……はじめて……。

「陽《よう》、パン好《す》き？」

「え？」

「すごいうれしそうな顔《かお》してたから」

いつものやさしい笑顔《えがお》でそう聞《き》いてくれる龍《りゅう》さん。

「パンは……普通《ふつう》に好《す》きです。ただ……」

「ん？」

「だれかとお昼《ひる》ごはんを食《た》べるのが夢《ゆめ》だったので、うれしくて……」

「……なにそれ、かわいい」

えっ……。

私《わたし》を見《み》て、たまらないみたいに笑《わら》った龍《りゅう》さん。

「そんな夢《ゆめ》だったら、いくらでも叶《かな》えるのに」

笑顔《えがお》がまぶしくて、ドキッと胸《むね》が高鳴《たかな》った。

龍《りゅう》さんはほんとに、毎日《まいにち》やさしい……。

「普段《ふだん》はごはん派《は》？」

「はい、お弁当《べんとう》です。今日《きょう》は寝坊《ねぼう》してしまって、作《つく》る時間《じかん》がなくて」

「え？　いつも自分《じぶん》で作《つく》ってるの？」

「はい」

「すご……俺《おれ》、料理《りょうり》できないから尊敬《そんけい》する」

目《め》をきらきらさせながら見《み》つめられて、てれ臭《くさ》くなった。

「龍《りゅう》さんのほうが、尊敬《そんけい》できるところがいっぱいです……！」

龍《りゅう》さんのほうがすごいってことを伝《つた》えたくてそう言《い》えば、龍《りゅう》さんもてれ臭《くさ》そうにほほえんだ。

「ありがと」

な、なんだか、ますます恥《は》ずかしくなってきた……。

「りゅ、龍《りゅう》さんもパン派《は》ですか？」

焼《や》きそばパンを食《た》べているから、好《す》きなのかもしれない。

「んー、べつにどっちでもないかな。腹《はら》が満《み》たされればいいから、適当《てきとう》に買《か》ってる」

そ、それは、健康的《けんこうてき》に大丈夫《だいじょうぶ》なのかな……？

さっきお友《とも》だちが、スイーツに執着《しゅうちゃく》してるって言《い》っていたし、甘《あま》いものは好《す》きだと思《おも》うけど、食事《しょくじ》にはこだわりがないのかも。

少《すこ》しだけ龍《りゅう》さんの食生活《しょくせいかつ》が心配《しんぱい》になった。

「よかったら……今度《こんど》、龍《りゅう》さんの分《ぶん》もお弁当《べんとう》、作《つく》ってきます」

言《い》ってから、ハッと後悔《こうかい》する。

わ、私《わたし》、なにを言《い》ってるんだろうっ……手作《てづく》りがダメな人《ひと》もいるだろうし、心配《しんぱい》でついおせっかいなことを言《い》ってしまったっ……。

「あ、あの、今《いま》のは……」

「ほんとに？」

すぐにとり消《け》そうとしたけど、いつもより明《あか》るい龍《りゅう》さんの声《こえ》がひびいた。

「すっげーうれしい。楽《たの》しみ」

おもちゃを買《か》ってもらえた子《こ》どもみたいに、むじゃきに笑《わら》っている龍《りゅう》さん。

喜《よろこ》んでもらえると思《おも》わなくて、私《わたし》もうれしくなった。

今度《こんど》……がんばって作《つく》ってこよう……。

「俺《おれ》もおすすめの甘《あま》いもの持《も》ってくるから」

「い、いえ、これは普段《ふだん》のお礼《れい》なので……！」

「お礼《れい》って……俺《おれ》なにもしてないし、陽《よう》のほうがたくさんしてくれてるのに」

そんなこと……絶対《ぜったい》にない。

龍《りゅう》さんは親切《しんせつ》すぎるくらい、私《わたし》にしてくれてる。

ポケットの中《なか》にある、龍《りゅう》さんがくれたチョコレートをぎゅっと握《にぎ》った。

女《おんな》の子《こ》がきらいな人《ひと》が、私《わたし》をマネージャーに勧誘《かんゆう》してくれたり、甘《あま》いものが大好《だいす》きで、お願《ねが》いされても分《わ》けるのを断《ことわ》る人《ひと》が、私《わたし》にはあっさりプレゼントしてくれたりしている。

どうして、こんなにやさしくしてくれるんだろう……。

『なにか言《い》われたら、いつでも俺《おれ》に言《い》って。俺《おれ》は絶対《ぜったい》に涼風《すずかぜ》さんの味方《みかた》だから』

そういえば、最初《さいしょ》から龍《りゅう》さんは不思議《ふしぎ》になるほどやさしくて、私《わたし》のことを信頼《しんらい》してくれていた。

普通《ふつう》、会《あ》ったばかりの人間《にんげん》にあんなことは言《い》わないはず。

それに、人手《ひとで》が足《た》りていないからマネージャーにって言《い》われたけど、今《いま》までマネージャーの仕《し》事《ごと》は影《えい》先輩《せんぱい》ひとりで十分《じゅうぶん》だったと言《い》っていたし……。

龍《りゅう》さんがなにを考《かんが》えているのか、どうしてこんなにやさしくしてくれるのか……気《き》になって仕《し》方《かた》なかった。

「あの……」

よし、聞《き》いてみよう……。

「私《わたし》のウワサ、知《し》ってましたか……？」

私《わたし》の言葉《ことば》に、一瞬《いっしゅん》おどろいた反応《はんのう》をした龍《りゅう》さん。

だけどすぐにいつもの表情《ひょうじょう》にもどって、あきらめたようにうなずいた。

「……うん、ウワサは知《し》っていた」

うそをついてもバレると思《おも》ったのかもしれない。

正直《しょうじき》に答《こた》えてくれた龍《りゅう》さんに、やっぱり知《し》っていたんだと納得《なっとく》する。

「ウワサを知《し》っていたなら尚更《なおさら》……私《わたし》みたいなのをマネージャーに勧誘《かんゆう》するのはどうしてなのかなと思《おも》ってしまって……」

「私《わたし》みたいななんて……**陽《よう》は、俺《おれ》が出会《であ》った中《なか》でいちばんやさしい子《こ》なのに**」

え……？

龍《りゅう》さんのほうを見《み》ると、やさしく頭《あたま》をぽんっとなでられた。

「声《こえ》をかける前《まえ》から、知《し》ってたよ。その……だれも見《み》むきもしない花《か》だんに水《みず》をあげてたのも、サッカー部《ぶ》のためにがんばってる姿《すがた》も、何度《なんど》か見《み》かけたことがあるから」

サッカー部《ぶ》のためにって……もしかして、マネージャーの仕事《しごと》をしている姿《すがた》を、龍《りゅう》さんに見《み》られてたのかな……？

いったいいつかはわからないけど……私《わたし》が思《おも》っている以上《いじょう》に、龍《りゅう》さんは私《わたし》のことを知《し》ってくれていたみたいだ。

「陽《よう》だからお願《ねが》いしたんだ」

龍《りゅう》さん……。

今《いま》まで、だれかに必要《ひつよう》とされたことがなかった。

私《わたし》は替《か》えがきく存在《そんざい》で、いてもいなくてもきっとだれも困《こま》らない。

きっとこれから先《さき》もひとりでいるんだろうなって思《おも》っていたのに……龍《りゅう》さんはいつも、私《わたし》が欲《ほ》しかった言葉《ことば》をくれる。

私《わたし》にとっての神《かみ》さま……ううん、神《かみ》さまというより……。

ヒーローっていう言葉《ことば》が、あってるかもしれない。

「私《わたし》にとっても……龍《りゅう》さんは、いちばんやさしい人《ひと》です」

バスケ部《ぶ》にはいって、たすけてもらった恩《おん》をかえそうと思《おも》っていたのに、この二週間《しゅうかん》でまた恩《おん》が増《ふ》えた。

龍《りゅう》さんには、かえしてもかえしきれないほど、感謝《かんしゃ》の気持《きも》ちでいっぱいだ。

「ちがうよ」

少《すこ》しだけ、自嘲《じちょう》するように笑《わら》った龍《りゅう》さん。

「陽《よう》だからやさしくしたいって思《おも》ってるだけ。俺《おれ》、陽《よう》以外《いがい》にはやさしくないと思《おも》うから」

それは……。ほかの人《ひと》に対《たい》しての龍《りゅう》さんと、私《わたし》の前《まえ》にいる龍《りゅう》さんはちがうように見《み》える。

でも、そんなこと関係《かんけい》ない。

「それでも、私《わたし》は龍《りゅう》さんのやさしさに何度《なんど》もすくわれました」

それだけは、なにものにもかえがたい事実《じじつ》だ。

どん底《ぞこ》にいた私《わたし》をすくってくれたのは、龍《りゅう》さんなんだ。

「俺《おれ》のほうが……」

「え？」

なにか言《い》いかけて、口《くち》を閉《と》ざした龍《りゅう》さん。
龍《りゅう》さんは真剣《しんけん》な表情《ひょうじょう》にかわると、まっすぐに私《わたし》を見《み》つめてきた。
「あのさ……もし陽《よう》さえよかったら、これからもバスケ部《ぶ》に――」
――キーンコーンカーンコーン。
龍《りゅう》さんの声《こえ》を遮《さえぎ》るように、予鈴《よれい》のチャイムが鳴《な》った。
「教室《きょうしつ》もどらないとまずいね。また今度話《こんどはな》そう」
ぽんっと頭《あたま》をなでて、「行《い》こっか」と立《た》ちあがった龍《りゅう》さん。
龍《りゅう》さんと教室《きょうしつ》への道《みち》を歩《ある》きながら、さっきの言葉《ことば》が頭《あたま》の中《なか》で何度《なんど》も再生《さいせい》されていた。
『陽《よう》だからお願《ねが》いしたんだ』
うれしい……。
だれかに必要《ひつよう》としてもらえるって、こんな感覚《かんかく》なんだ……。
胸《むね》の中《なか》がしあわせでいっぱいに満《み》たされて、涙《なみだ》がでそうになったのをぐっと堪《こら》えた。

恋敵《こいがたき》

【side《サイド》 龍《りゅう》】
陽《よう》を教室《きょうしつ》におくってから、自分《じぶん》の教室《きょうしつ》にもどる。
いつもは長《なが》く感《かん》じられる昼休《ひるやす》みが、今日《きょう》はあっという間《ま》に感《かん》じられた。
『だれかとお昼《ひる》ごはんを食《た》べるのが夢《ゆめ》だったので、うれしくて……』
さっきの陽《よう》を思《おも》いだして、口《くち》もとがゆるみそうになる。
かわいい……ほんとにかわいかった、もう……いろいろやばい。
好《す》きという気持《きも》ちがあふれだして、うっかり口《くち》にしてしまいそうになる。
もう何回《なんかい》か、かわいいって気持《きも》ちがおさえられなくて言葉《ことば》にしてしまっていた。
俺《おれ》に言《い》われても気持《きも》ち悪《わる》いかもしれないのに……ひかれてたらどうしよう。
でも、かわいいから仕方《しかた》ない。
いつも一生懸命《いっしょうけんめい》で、健気《けなげ》で、やさしくて、不器用《ぶきよう》で……陽《よう》のぜんぶが愛《いと》おしかった。

『よかったら……今度《こんど》、龍《りゅう》さんの分《ぶん》もお弁当《べんとう》、作《つく》ってきます』

陽《よう》の作《つく》った弁当《べんとう》が食《た》べられるなんて、楽《たの》しみすぎる……。

しあわせな気分《きぶん》で教室《きょうしつ》にはいって席《せき》に着《つ》くと、さっき購買《こうばい》にいたクラスメイトがかけよってきた。

愛想《あいそ》がゼロの俺《おれ》に声《こえ》をかけてくる、数少《かずすく》ないクラスメイトのひとり。

「おい龍《りゅう》、前《まえ》から気《き》になってたんだけど、涼風陽《すずかぜよう》とつきあってんの？」

「は？」

「さっき手《て》つないでどっか行《い》ったから、校内中《こうないじゅう》ウワサしてるぞ」

ウワサ……。

陽《よう》にとっては不名誉《ふめいよ》かもしれない。ただの俺《おれ》の〝片思《かたおも》い〟だから。

「……おい」

俺《おれ》が返事《へんじ》をする前《まえ》に、もうひとりべつのやつがあらわれた。

顔《かお》を見《み》なくても、相手《あいて》がだれだかわかる。

朝霧虎《あさぎりとら》——俺《おれ》がこの世《よ》でいちばんきらいなやつ。

「……」

「無視《むし》するな。陽《よう》のことだ」

偉《えら》そうな口調《くちょう》で俺《おれ》に話《はな》しかけてくる朝霧《あさぎり》。

「陽《よう》は俺《おれ》の幼《おさな》なじみなんだ。幼《おさな》なじみとして、おまえみたいな男《おとこ》と仲《なか》よくしてるのは見《み》すごせない」

ウワサを聞《き》いて、あせって牽制《けんせい》しにきたのか？

とことんしょうもない男《おとこ》だ。

朝霧《あさぎり》とは一年《ねん》のときから同《おな》じクラスだが、こいつはよく俺《おれ》につっかかってくる。

勉強《べんきょう》でも部活《ぶかつ》でも俺《おれ》に負《ま》けているから、俺《おれ》のことが気《き》にいらないんだろう。

普段《ふだん》なら無視《むし》するけど、陽《よう》のことなら話《はなし》はべつだ。

「なら、部《ぶ》から追《お》いだすのはいいのか？」

俺《おれ》の言葉《ことば》に、朝霧《あさぎり》はわかりやすく顔《かお》をしかめた。

「……っ、それは、陽《よう》が悪《わる》かったからで……」

陽《よう》が悪《わる》かった？

……こいつ、本当《ほんとう》に消《き》えてほしい。

「おまえみたいな幼《おさな》なじみを持《も》って、陽《よう》がかわいそうだ」

「……おまえ……」

「陽《よう》はもうバスケ部《ぶ》の仲間《なかま》だから、金輪際関《こんりんざいかか》わってくるな」

どうかこのまま陽《よう》の前《まえ》からも消《き》えてくれ。

これ以上《いじょう》、陽《よう》が泣《な》くところは見《み》たくない。

陽《よう》がサッカー部《ぶ》で不当《ふとう》な扱《あつか》いをうけていたのも、実質《じっしつ》こいつのせいだ。

陽《よう》がしあわせならと思《おも》って、今《いま》まではなにも言《い》わなかったけど……陽《よう》を傷《きず》つけたこいつは、俺《おれ》にとってただの敵《てき》。

「なあ、涼風陽《すずかぜよう》ってサッカー部《ぶ》から追《お》いだされたんじゃないのか……？」

俺《おれ》たちの会話《かいわ》が聞《き》こえたのか、まわりのクラスメイトがざわつきはじめた。

そして、ゆっくりと朝霧《あさぎり》に近《ちか》づいてきた女子《じょし》の集団《しゅうだん》。

「虎《とら》くん、もしかしてひきもどそうとしてるのっ……？　あたしたち、また部活《ぶかつ》がしにくくなっちゃうよ……」

サッカー部《ぶ》のマネージャー……。俺《おれ》にとって朝霧《あさぎり》と同《おな》じくらいいなくなってほしい存在《そんざい》。

「ち、ちがう、話《はな》してただけだよ」

朝霧《あさぎり》は自分《じぶん》が陽《よう》のことを追《お》いだした手前《てまえ》、ひくにひけない状態《じょうたい》なんだろうと察《さっ》した。

……俺《おれ》にとっては都合《つごう》がいい。

こいつが陽《よう》を本気《ほんき》でひきもどそうとする前《まえ》に……陽《よう》を完全《かんぜん》にバスケ部《ぶ》の仲間《なかま》にしたい。

サッカー部《ぶ》よりも、バスケ部《ぶ》にいたいって思《おも》ってもらえるように。

「くそ……気軽《きがる》に会《あ》いにも行《い》けない……」

ぼそっとつぶやいた朝霧《あさぎり》の声《こえ》が聞《き》こえて、さらにいらだちがつのる。

多分《たぶん》こいつは、陽《よう》に会《あ》えなくてやきもきしているはずだ。でもプライドが高《たか》いから、自分《じぶん》から会《あ》いにも行《い》けないし、もしこの先《さき》いつか、陽《よう》が悪《わる》くなかったと気《き》づいても、自分《じぶん》からあやまることもできないだろう。

「おまえはサッカー部《ぶ》のマネージャーたちと仲《なか》よくやってろよ」

「なんだと……？」

「それと、俺《おれ》にも話《はな》しかけてくるな。おまえみたいな小物《こもの》、相手《あいて》にする時間《じかん》がない」

それだけ言《い》って、朝霧《あさぎり》から視線《しせん》をそらした。

「おまえっ……こっちのセリフだ……くそ！」

まだなにか言《い》いたそうだったけど、次《つぎ》の授業《じゅぎょう》の先生《せんせい》がはいってきたから、大人《おとな》しく自分《じぶん》の席《せき》にもどっていった朝霧《あさぎり》。

なんで……陽《よう》は朝霧《あさぎり》なんか好《す》きなんだろう。

陽《よう》はあんなにもすてきで、欠点《けってん》なんて見《み》あたらない子《こ》だ。なのに……。

あんなに性格《せいかく》が悪《わる》くてプライドが高《たか》い男《おとこ》の、なにがいいのかさっぱりわからなかった。

朝霧《あさぎり》にあって、俺《おれ》に足《た》りないものはなんだ……？

どうすれば、陽《よう》は……。

——俺《おれ》のことを、好《す》きになってくれるんだろう。

部活《ぶかつ》の成績《せいせき》だって、テストの成績《せいせき》だって、常《つね》にあいつより上《うえ》にいつづける。この先《さき》も絶対《ぜったい》に負《ま》けたりしない。

もっと努力《どりょく》して、陽《よう》にふさわしい人間《にんげん》になるから……。

お願《ねが》いだから、俺《おれ》を選《えら》んでほしい。

俺《おれ》だったら絶対《ぜったい》……陽《よう》のことを、泣《な》かせたりしないから。

ピンチ

今日《きょう》は、約束《やくそく》の日《ひ》。
バスケ部《ぶ》にはいって二週間《しゅうかん》……臨時《りんじ》マネージャー最終日《さいしゅうび》だ。
今日《きょう》で終《お》わると思《おも》ったら……さみしいな。
二週間《しゅうかん》は長《なが》いと思《おも》っていたけど、あっという間《ま》だった。
最後《さいご》だから……今日《きょう》は部室《ぶしつ》も倉庫《そうこ》も備品《びひん》も、ぴかぴかにしよう……！
そう思《おも》って、朝《あさ》から張《は》りきっていた。
放課後《ほうかご》の練習《れんしゅう》になって、一生懸命《いっしょうけんめい》ボールをみがく。
「……おい」
え……宮《みや》さん……？
普段《ふだん》宮《みや》さんから声《こえ》をかけられることなんてないから、おどろいてしまった。
「おまえ……今日《きょう》で最後《さいご》なんだよな」

「は、はい」

「ふーん……」

な、なんだろうっ……。

早《はや》くいなくなってほしいから、確認《かくにん》しにきたのかな……？

「なんだよ、さみしいのか？」

宮《みや》さんのうしろから壱《いち》さんがあらわれて、にやにやしながら宮《みや》さんの肩《かた》に腕《うで》を回《まわ》している。

「ばっ……ちげーし！　こいつがやっといなくなって清々《せいせい》するなって思《おも》ってただけだ！　第一《だいいち》、俺《おれ》は女《おんな》がはいるなんて最初《さいしょ》から認《みと》めてねーし、こんなやついなくても――」

「宮《みや》」

今度《こんど》は龍《りゅう》さんの声《こえ》が聞《き》こえて、ただならぬ声色《こわいろ》にびくりと肩《かた》がはねる。

「今《いま》の言《い》い方《かた》は最低《さいてい》だろ。陽《よう》にあやまれ」

ど、どうしよう……怒《おこ》ってる……。

庇《かば》ってくれるのはうれしいけど、宮《みや》さんにきらわれていることは知《し》っているし、私《わたし》は平気《へいき》だ。

「あの、龍《りゅう》さん、私《わたし》は……」

「陽《よう》がよくても俺《おれ》が許《ゆる》せないから」

真剣《しんけん》な表情《ひょうじょう》の龍《りゅう》さんに、なにも言《い》えなくなった。

なんだか、不思議《ふしぎ》な気持《きも》ち……。

私《わたし》にむけられた言葉《ことば》に、怒《おこ》ってくれるだれかがいるなんて……。

「……」

「宮《みや》」

「……俺《おれ》は、あやまりません」

宮《みや》さんの返事《へんじ》に、龍《りゅう》さんが顔《かお》をしかめた。

「だって……バスケ部《ぶ》は、女子禁制《じょしきんせい》だったじゃないですか……それなのに、急《きゅう》に女子《じょし》マネいれるとか……」

龍《りゅう》さんがこわい顔《かお》をしているからか、宮《みや》さんはうつむいたままぽつりぽつりと本音《ほんね》を話《はな》しはじめた。

「俺《おれ》はずっと……納得《なっとく》してませんでした……！」

宮《みや》さんは顔《かお》をあげて、私《わたし》をにらんだ。

「こんなやつがバスケ部《ぶ》にはいったら、俺《おれ》たちは〝また〟……とにかく、俺《おれ》は反対《はんたい》です……！

こんな女《おんな》、信用《しんよう》できません」

「おい宮《みや》、いい加減《かげん》に……」

「うるせー！　おまえはだまってろ」

怒《おこ》っている宮《みや》さんをなだめようとした壱《いち》さんに、宮《みや》さんがさらに怒《おこ》ってボールを投《な》げた。

あっ……！

そのバスケットボールが、壱《いち》さんの頭《あたま》にあたった。

「……っ、てぇ」

相当衝撃《そうとうしょうげき》があったのか、そのままふらつく壱《いち》さん。

「わ、悪《わる》いっ……」

宮《みや》さんも、あたると思《おも》っていなかったのか、申《もう》しわけなさそうに顔《かお》をゆがめている。

「ちょっと宮《みや》、なにやってるんだよ」

「い、壱《いち》くん、大丈夫《だいじょうぶ》？」

京先輩《けいせんぱい》と影先輩《えいせんぱい》も、急《いそ》いで壱《いち》さんにかけよっていた。

「やばい……頭《あたま》、くらくらする……」

あれ……？

壱《いち》さん……様子《ようす》が変《へん》だ……。

「気持《きも》ち、わる……」

力無《ちからな》い声《こえ》でそうつぶやいて、壱《いち》さんはその場《ば》にたおれてしまった。

これ……もしかして……。

「は、はぁ？　おい、冗談《じょうだん》やめろって」

苦笑《にがわら》いをうかべながら、たおれた壱《いち》さんの体《からだ》にふれようとした宮《みや》さん。

「ゆすらないでください！」

「え……」

すぐにとめて、私《わたし》は壱《いち》さんにかけよった。

「大丈夫《だいじょうぶ》ですか！　聞《き》こえますか！」

「お、う……」

「気分《きぶん》の悪《わる》さや頭痛《ずつう》はありますか？」

「ある……吐《は》き、そう……」

まずい……っ。

「脳震盪《のうしんとう》を起《お》こしているかもしれません……！　だれかスマートフォンを持《も》っていませんか！」

サッカー部《ぶ》のマネージャーをしているときに、一度《いちど》同《おな》じような現場《げんば》にでくわした。

さっきバスケットボールが頭《あたま》にあたっていたし……この症状《しょうじょう》はきっとそうだ。

「持《も》ってる。救急車《きゅうきゅうしゃ》を呼《よ》んだほうがいい？」

龍《りゅう》さんがすぐにスマートフォンをとってきてくれた。

「はい、お願《ねが》いします。脳震盪《のうしんとう》を起《お》こしている可能性《かのうせい》があるって伝《つた》えてください。それと、だれか氷《ひょう》のうを持《も》ってきてください……！　保健室《ほけんしつ》か、サッカー部《ぶ》にもクーラーボックスに氷《こおり》があります！」

頭《あたま》を冷《ひ》やさないと……。

脳震盪《のうしんとう》は、後遺症《こういしょう》が残《のこ》る可能性《かのうせい》もある。

一刻《いっこく》を争《あらそ》う状態《じょうたい》だから、とにかく急《いそ》いで対処《たいしょ》しないとまずい。

「俺《おれ》……このあと、弟《おとうと》たちむかえに、行《い》かないと……」

こんなときなのに、弟《おとうと》さんたちの心配《しんぱい》をしている壱《いち》さん。

やさしい壱《いち》さんに、胸《むね》がしめつけられた。

「今《いま》はじっとしていてください……！」

このまま大変《たいへん》なことになったら、壱《いち》さんの家族《かぞく》もかなしむ。

救急車《きゅうきゅうしゃ》……お願《ねが》いだから、早《はや》く来《き》てっ……。

さよなら

龍《りゅう》さんが連絡《れんらく》してくれたおかげで、すぐに救急車《きゅうきゅうしゃ》が来《き》た。

搬送《はんそう》されていく壱《いち》さんを見《み》ながら、心臓《しんぞう》はバクバクと落《お》ちつかなかった。

「今《いま》タクシーを呼《よ》んだから、俺《おれ》たちも追《お》いかけよう」

龍《りゅう》さんが呼《よ》んでくれたタクシーに乗《の》って、私《わたし》たちも病院《びょういん》にむかう。

さっきはとにかく対処《たいしょ》しないとと思《おも》って必死《ひっし》だったけど、冷静《れいせい》になったら、手《て》がふるえてきた。

このまま……壱《いち》さんの身《み》になにかあったらどうしよう……。

私《わたし》の処置《しょち》がまちがっていたら……。

――ぎゅっ。

となりにすわっている龍《りゅう》さんが、ふるえている私《わたし》の手《て》を握《にぎ》った。

「大丈夫《だいじょうぶ》。壱《いち》は強《つよ》い子《こ》だから」

「……はい」

龍《りゅう》さんの言葉《ことば》は、魔法《まほう》みたいだ。

手《て》のふるえが、少《すこ》しずつ治《おさ》まっていく。

車内《しゃない》には重《おも》い空気《くうき》が流《なが》れていて、それ以降病院《いこうびょういん》に着《つ》くまでだれも話《はな》さなかった。


病院《びょういん》に着《つ》いて、待合室《まちあいしつ》で壱《いち》さんの診察《しんさつ》が終《お》わるのを待《ま》つ。

どうか……無事《ぶじ》でいてほしい……。

「俺《おれ》の、せいだ……」

ずっとだまっていた宮《みや》さんが、待合室《まちあいしつ》のソファにすわりながら口《くち》をひらいた。

深《ふか》くうつむいているから、表情《ひょうじょう》は見《み》えない。

だけど、その声《こえ》はすごくふるえていた。

「宮《みや》のせいじゃない」

「そうだよ。大丈夫《だいじょうぶ》だから、落《お》ちついて」

やさしく励《はげ》ましている京先輩《けいせんぱい》と影先輩《えいせんぱい》。

顔《かお》をあげた宮《みや》さんの両目《りょうめ》からは、途切《とぎ》れなく涙《なみだ》が流《なが》れていた。

宮《みや》さん……。

泣《な》いている姿《すがた》なんて、はじめて見《み》た。

宮《みや》さんはいつもクールで、静《しず》かで、感情《かんじょう》を表《おもて》にださない人《ひと》なのに……。

そんな宮《みや》さんが涙《なみだ》を流《なが》すなんて……きっとすごく、自分《じぶん》を責《せ》めているにちがいない。

「どうしよう……壱《いち》がこのまま……」

「大丈夫《だいじょうぶ》です」

宮《みや》さんの姿《すがた》がさっきの自分《じぶん》に重《かさ》なって、気《き》づけば声《こえ》をかけていた。

「でも……」

「まだ意識《いしき》もありました。救急車《きゅうきゅうしゃ》もすぐに来《き》てくれましたし、きっと大丈夫《だいじょうぶ》です。無事《ぶじ》を祈《いの》りましょう」

「……うん」

少《すこ》し落《お》ちついたのか、口《くち》をきゅっと噛《か》みしめた宮《みや》さん。

「ご、めん……」

「……え？」

いったい、なんの謝罪《しゃざい》だろう……？

「さっき……おまえに、最低《さいてい》なこと、言《い》った……」

それは……。

『ばっ……ちげーし！　こいつがやっといなくなって清々《せいせい》するなって思《おも》ってただけだ！　第一《だいいち》、俺《おれ》は女《おんな》がはいるなんて最初《さいしょ》から認《みと》めてねーし、こんなやついなくても――』

『とにかく、俺《おれ》は反対《はんたい》です……！　こんな女《おんな》、信用《しんよう》できません』

私《わたし》は静《しず》かに、首《くび》を横《よこ》にふった。

「気《き》にしてません、あやまらなくて大丈夫《だいじょうぶ》です」

宮《みや》さんは、私《わたし》の返事《へんじ》に、苦《くる》しそうに顔《かお》をゆがめた。

「なんで……」

見《み》ているだけで、私《わたし》まで胸《むね》が痛《いた》くなってくる。

そのくらい、苦《くる》しそうな宮《みや》さん。

「ちゃんと、わかってた、ほんとは……おまえがバスケ部《ぶ》のために、がんばってたことも……」

え……？

「でも、俺《おれ》はどうしてもおまえのこと認《みと》められなくて、バスケ部《ぶ》が、かわるのが、いやで……」

宮《みや》さんは声《こえ》をふるわせながら、訴《うった》えるように私《わたし》を見《み》ている。

「ちょっと前《まえ》に、女子《じょし》のせいで部内《ぶない》がめちゃくちゃなことになって……」

そうだったんだ……。

そんなことがあったなんて、知《し》らなかった……。

ほかのみなさんも、思《おも》いだしたように下《した》くちびるを噛《か》みしめている。

「俺《おれ》、バスケ部《ぶ》しか、居場所《いばしょ》ねーのに……またあんなふうになったらって……バスケ部《ぶ》がなくなったらって思《おも》って……こわかった」

いつも冷《つめ》たい表情《ひょうじょう》をしていた宮《みや》さんが、ぼろぼろと涙《なみだ》をこぼして必死《ひっし》に話《はな》している。

宮《みや》さんは、授業《じゅぎょう》をぜんぶ欠席《けっせき》した日《ひ》も、必《かなら》ず部活《ぶかつ》にはあらわれる。

それだけバスケ部《ぶ》ですごすのが楽《たの》しくて、バスケ部《ぶ》が大好《だいす》きだって証拠《しょうこ》だ。

「ごめん……」

ふりしぼるような声《こえ》を聞《き》いて、改《あらた》めて感《かん》じた。

バスケ部《ぶ》は、ただの部活《ぶかつ》じゃない。

みなさんにとって……大切《たいせつ》な居場所《いばしょ》なんだ。

「宮《みや》さんは、なにも悪《わる》くないです」

もとはといえば……バスケ部《ぶ》に、私《わたし》がはいったことがまちがいだった。

二週間《しゅうかん》。みなさんとすごして、少《すこ》しずつ毎日《まいにち》が楽《たの》しくなって……新《あたら》しい居場所《いばしょ》ができたような気《き》に、勝手《かって》になってた。

でも……ちがう。

ここは——私《わたし》の居場所《いばしょ》じゃない。

私《わたし》がいちゃいけない場所《ばしょ》だ。

「なんでおまえ、いっつも俺《おれ》のこと責《せ》めないの……」

宮《みや》さんの涙《なみだ》はいきおいを増《ま》して、ぼろぼろとあふれている。

「子《こ》どもみたいにむきになって、八《や》つあたりして、壱《いち》のこともこんな目《め》にあわせて……バスケ部《ぶ》にいちゃいけないのは、俺《おれ》のほうだ。俺《おれ》が……」

「宮《みや》さん」

自分《じぶん》を責《せ》める言葉《ことば》がとまらない宮《みや》さんをとめたくて、名前《なまえ》を呼《よ》んだ。

「今回《こんかい》のことは、宮《みや》さんがバスケ部《ぶ》を好《す》きだからこそ起《お》こったことです」

「……」

「だから、自分《じぶん》を責《せ》めないでください」

「でも……」

「宮《みや》さんがバスケ部《ぶ》のこと、バスケ部《ぶ》のみなさんのことを大事《だいじ》に思《おも》ってるのは……この二週間《しゅうかん》で、すごくすごく伝《つた》わってきました。ほかのみなさんも、痛《いた》いくらいわかってるはずです」

「……」

この場《ば》で宮《みや》さんを責《せ》める人《ひと》は……だれもいない。

「宮《みや》さんは……バスケ部《ぶ》を、守《まも》ろうとしたんですよね」

「……っ」

大《おお》きく見《み》ひらかれた目《め》を見《み》て、そっとほほえんだ。

これは、いつも龍《りゅう》さんがしてくれること。

龍《りゅう》さんにほほえまれると、いつだって心《こころ》が軽《かる》くなるから……。

宮《みや》さんは少《すこ》しだけ落《お》ちついたのか、だまってうつむいていた。

「さっき……壱《いち》に言《い》われたことも、ほんとは、図星《ずぼし》だった」

……え？

さっき、壱《いち》さんに言《い》われたことって……。

『なんだよ、さみしいのか？』

涙《なみだ》があふれそうになって、私《わたし》もぐっと堪《こら》える。

そう言《い》ってもらえるだけで……十分《じゅうぶん》だ。

私《わたし》は……一刻《いっこく》も早《はや》く、バスケ部《ぶ》からでていかなきゃ。

みなさんの大切《たいせつ》な場所《ばしょ》を守《まも》るために。

この二週間《しゅうかん》で、みなさんのことを好《す》きになったからこそ……はなれるんだ。

とびらがひらく音《おと》がして、ハッとふりかえる。

「白世壱《しろせいち》さんのお知《し》りあいですか？」

看護師《かんごし》さんがあらわれて、みんなが一斉《いっせい》に立《た》ちあがった。

「は、はい……！」

「こちらにどうぞ」

案内《あんない》されてついていくと、ベッドに横《よこ》になった壱《いち》さんの姿《すがた》が。

意識《いしき》があるのか、私《わたし》たちを見《み》て申《もう》しわけなさそうに笑《わら》っている。

「心配《しんぱい》かけて、すんません……」

「壱《いち》……！」

真《ま》っ先《さき》に宮《みや》さんがかけよっていって、壱《いち》さんと目《め》を合《あ》わせるようにしゃがみこんだ。

「ごめん、俺《おれ》……」

「おいおい、泣《な》くなって……文句《もんくい》言ってやろうと思《おも》ってたのに、言《い》えないだろ」

その光景《こうけい》を見《み》て、心《こころ》の底《そこ》からほっとした。

「……陽《よう》？」

私《わたし》を見《み》て、目《め》を丸《まる》くしている龍《りゅう》さんを見《み》て、自分《じぶん》の目《め》からも涙《なみだ》が流《なが》れていることに気《き》づいた。

「……よかった、です……」

壱《いち》さんが無事《ぶじ》で……本当《ほんとう》に……安心《あんしん》した……。

ほかのみなさんも、私《わたし》を見《み》ておどろいている。

泣《な》きたいのはみなさんのほうだと思《おも》うのに、私《わたし》が泣《な》くなんて申《もう》しわけない。

「あの、私《わたし》は帰《かえ》ります」

ここにはもう、いないほうがいいと思《おも》うから。

「改《あらた》めて、二週間《しゅうかん》ありがとうございました」

頭《あたま》をさげて、病室《びょうしつ》をでようとうしろをむいた。

「待《ま》って……！」

龍《りゅう》さん……。

「陽《よう》、俺《おれ》は……」

「これからも、かげながらですがバスケ部《ぶ》を応援《おうえん》しています」

もう一度《いちど》頭《あたま》をさげて、今度《こんど》こそ病室《びょうしつ》をでた。


「陽《よう》！　お願《ねが》い、待《ま》って……！」

病院《びょういん》をでようとしたとき、またうしろから龍《りゅう》さんの声《こえ》がした。

追《お》いかけてきてくれたのかな……龍《りゅう》さんの気持《きも》ちはうれしいけど、今《いま》は壱《いち》さんたちのそばにいてあげてほしい。


「陽《よう》……俺《おれ》は、陽《よう》にマネージャーでいてほしい」

その言葉《ことば》は、本当《ほんとう》にうれしかった。

だけど……。

「臨時《りんじ》だって言《い》ったけど、これからもずっと……」

「龍《りゅう》さん、マネージャーはいないほうがいいです」

龍《りゅう》さんにはたくさん恩《おん》があるから、龍《りゅう》さんのお願《ねが》いならなんでも聞《き》きたい。だけど、そのお願《ねが》いだけは聞《き》けない。

「卑下《ひげ》してるわけじゃなくて、バスケ部《ぶ》のみなさんの居場所《いばしょ》を守《まも》るためにも、これ以上《いじょう》私《わたし》はバスケ部《ぶ》にはいられません」

「……ちがう、みんな陽《よう》のこと、必要《ひつよう》として……」

「二週間《しゅうかん》ありがとうございました、龍《りゅう》さん」

これ以上龍《いじょうりゅう》さんといたら気持《きも》ちがゆらいでしまいそうだから、言《い》いすてるようにそう口《くち》にして、逃《に》げるように病院《びょういん》をでた。


真《ま》っ暗《くら》になった帰《かえ》り道《みち》を歩《ある》きながら、ぽろぽろと涙《なみだ》があふれだす。

二週間《しゅうかん》……楽《たの》しかったな……。

最初《さいしょ》はこわかったけど、バスケ部《ぶ》のみなさんはいい人《ひと》たちだった。

京先輩《けいせんぱい》はなにを考《かんが》えているか少《すこ》しわからないけど、いつも気《き》さくでやさしく接《せっ》してくれた。

影先輩《えいせんぱい》はすごくまじめな人《ひと》で、いつも一生懸命《いっしょうけんめい》で、とても尊敬《そんけい》できる人《ひと》だった。

壱《いち》さんはこわい印象《いんしょう》が強《つよ》かったけど、じつは面倒見《めんどうみ》がいい人《ひと》で、後半《こうはん》の一週間《いっしゅうかん》は私《わたし》のこともよく気《き》にかけてくれた。

宮《みや》さんも……最後《さいご》に本音《ほんね》を話《はな》してもらえて、うれしかった……。

じつはすごく仲間思《なかまおも》いで、繊細《せんさい》な人《ひと》だった。

そして、龍《りゅう》さんは……。

私《わたし》にとって、ヒーローみたいな人《ひと》。

龍《りゅう》さんには、感謝《かんしゃ》の気持《きも》ちでいっぱいだ……。

マネージャーにはもうもどれないけど、龍《りゅう》さんが困《こま》っているときは、今度《こんど》は私《わたし》が力《ちから》になりたい。

また……あの笑顔《えがお》を見《み》られたらいいな……。

暗《くら》い夜道《よみち》を、ひとりでとぼとぼと歩《ある》く。

またひとりぼっちになったような、ぽっかりと心《こころ》に穴《あな》があいたような孤独《こどく》を感《かん》じながら、家《いえ》に帰《かえ》った。

必《ひっ》要《よう》な存《そん》在《ざい》

【side《サイド》 宮《みや》】

涼風《すずかぜ》がでていって、龍《りゅう》さんも追《お》いかけるように病室《びょうしつ》をでていった。

だれもなにも言《い》わず、病室《びょうしつ》には機械《きかい》の音《おと》だけがひびいていた。

——ガラガラ。

あっ……。

「龍《りゅう》くん、おかえりなさい」

「陽《よう》ちゃんはどうだった？」

もどってきた龍《りゅう》さんに、影《えい》さんと京《けい》さんが声《こえ》をなげた。

「……帰《かえ》った。ちゃんと話《はな》せなかった」

感情《かんじょう》が見《み》えない表情《ひょうじょう》で、近《ちか》くの椅子《いす》にすわった龍《りゅう》さん。

「そっか……陽《よう》ちゃん、あんな冷静《れいせい》に処置《しょち》してたのに、泣《な》いてたね」

さっきの涼風《すずかぜ》を思《おも》いだすように、京《けい》さんはどこか遠《とお》くを見《み》ている。

「俺《おれ》も……びびったっす……あ、あいつ、俺《おれ》のことそんな心配《しんぱい》だったんすかね、はは……」

「全然冷静《ぜんぜんれいせい》じゃなかったはずだ。手《て》がずっとふるえてた」

龍《りゅう》さん……。

いつもよりも、声《こえ》が低《ひく》い。

怒《おこ》ってる……？

いや、当然《とうぜん》か……今回《こんかい》のことは……ぜんぶ、俺《おれ》のせいだ。

「血《ち》も涙《なみだ》もない子《こ》だってウワサなのにね……はは、ウワサってあてにならないかも」

場《ば》を和《なご》ませようとしたのか、京《けい》さんがいつもの軽《かる》い口調《くちょう》で言《い》った。

「ウワサ……」

だけど逆効果《ぎゃくこうか》だったのか、龍《りゅう》さんはぼそっとつぶやいた。

「おまえたちが、女子《じょし》が苦手《にがて》なこともわかってたし、急《きゅう》に陽《よう》をマネージャーにしたいって言《い》って困惑《こんわく》させたことはあやまる。でも……ちゃんと陽《よう》のことを見《み》てほしかった」

涼風《すずかぜ》の、こと……。

「べつになんのメリットもないのに、俺《おれ》たちバスケ部《ぶ》のためにがんばってくれた陽《よう》に対《たい》して……

おまえたちの態度《たいど》は最低《さいてい》だった」

なにも言《い》いかえせなくて、視線《しせん》をさげる。

「変《へん》なウワサを聞《き》いたのかなんなのか知《し》らないけど……自分《じぶん》たちがいちばん、そういうウワサに苦《くる》しめられてきたんじゃないのか？」

……そうだ。

龍《りゅう》さんの……言《い》うとおりだ。

俺《おれ》たちは、自分《じぶん》たちが問題児集団《もんだいじしゅうだん》と呼《よ》ばれているのを知《し》っている。

京《けい》さんはチャラいし不《ふ》まじめだし、影《えい》さんと俺《おれ》は遅刻常習犯《ちこくじょうしゅうはん》。壱《いち》はすぐに感情的《かんじょうてき》になって喧嘩《けんか》する。

謹慎中《きんしんちゅう》の先輩《せんぱい》は、暴力事件《ぼうりょくじけん》を起《お》こした。

だけど……ぜんぶちゃんと、〝理由《りゆう》〟がある。

でもまわりの人間《にんげん》は、俺《おれ》たちの本質《ほんしつ》も知《し》ろうとしないで、〝問題児《もんだいじ》〟の一言《ひとこと》で片《かた》づけてくる。

そんなウワサで判断《はんだん》する環境《かんきょう》に、うんざりしていたのに……。

俺《おれ》たちは涼風《すずかぜ》に対《たい》して、同《おな》じことをした。

『な、なにかの勘《かん》ちがいだと思《おも》います……！　バスケ部《ぶ》のみなさんが、そんなことするはずありません……』

あいつはそれを否定《ひてい》してくれたのに……俺《おれ》たちはウワサを信《しん》じて、ひたすらあいつを責《せ》めた。

俺《おれ》たちじゃなくて……俺《おれ》、か……。

「あの……」

どうしても気《き》になることがあって、おそるおそる龍《りゅう》さんを見《み》た。

「龍《りゅう》さんだって、女子《じょし》が苦手《にがて》なのに……なんで急《きゅう》に、あいつをいれたんですか」

俺《おれ》はずっと……それが聞《き》きたかった。

「陽《よう》は特別《とくべつ》だから。ほかのやつとはちがう」

あっさりと答《こた》えた龍《りゅう》さんが、俺《おれ》たちの顔《かお》を見《み》まわした。

「おまえたちだって、そう思《おも》ったんじゃないのか」

それは……。

たしかに、認《みと》めないといけない。

この二週間《しゅうかん》、涼風《すずかぜ》のことを見《み》てきて……どうしてもウワサどおりのやつとは思《おも》えなかった。

あいつは、ほかの女子《じょし》とはちがう。

わかっていたのに……認《みと》めることができなかった。

「自分《じぶん》たちが傷《きず》つけられてきたように、おまえたちは陽《よう》を傷《きず》つけたんだ」

また……言《い》いかえせない……。

「悪《わる》いけど、今《いま》はおまえたちのこと、仲間《なかま》だと思《おも》いたくない」

立《た》ちあがった龍《りゅう》さんが、病室《びょうしつ》をでていった。

龍《りゅう》さんに見捨《みす》てられても……仕方《しかた》ない……。

「あいつ……俺《おれ》たちひどいことばっか言《い》ったのに、この二週間《しゅうかん》よくがんばってくれたっすよね」

壱《いち》が、うつむいたままそう言《い》った。

本当《ほんとう》に……がんばってたと思《おも》う。

一度《いちど》認《みと》めたら、頑《かたく》なに涼風《すずかぜ》を認《みと》めようとしなかった自分《じぶん》がバカらしく思《おも》えた。

俺《おれ》はなににこだわっていたんだろう。

むきになって、まわりにあたって、壱《いち》を危険《きけん》な目《め》にあわせて……。

あいつのことも……泣《な》かせた……。

「俺《おれ》はあいつのこと、責《せ》めつづけたのに……あいつは俺《おれ》のこと……一回《いっかい》も責《せ》めなかった」

ずっと、やさしかったのに……。

「サッカー部《ぶ》でこび売《う》ってたみたいに言《い》われてたけど、俺《おれ》にそんな態度《たいど》一切《いっさい》とらなかったっすよ」

「俺《おれ》も。むしろ俺《おれ》のこと警戒《けいかい》してたみたい。チャラいって思《おも》われたかな」

「僕《ぼく》にもやさしくしてくれたし、バスケ部《ぶ》のみんなと平等《びょうどう》に扱《あつか》ってもらえたのははじめてだったよ。涼風《すずかぜ》さんがいてくれたから、バスケにも集中《しゅうちゅう》できたし……」

「俺《おれ》も、今更《いまさら》だけど……」

みんな、思《おも》ってることはきっと同《おな》じだ。

「あいつがいなくなるのは、いやだ……」

あいつは――バスケ部《ぶ》に、必要《ひつよう》な存在《そんざい》だと思《おも》う。

俺《おれ》の言葉《ことば》に、三人《にん》は表情《ひょうじょう》をやわらかくして、そっとうなずいてくれた。

仲間《なかま》

壱《いち》さん、もう体調《たいちょう》は大丈夫《だいじょうぶ》かな……。

バスケ部《ぶ》をやめてから、一週間《いっしゅうかん》と少《すこ》したった。

テスト期間《きかん》があったから、部活動《ぶかつどう》はお休《やす》みだったはずだけど……昨日《きのう》から再開《さいかい》しているはずだ。

バスケ部《ぶ》のみなさんが、平和《へいわ》にすごせてたらいいな……。

そう祈《いの》りながら、今日《きょう》も休《やす》み時間《じかん》をひとりですごす。

「ねえ、聞《き》いた？　涼風《すずかぜ》さんの話《はなし》」

……え？

うしろの席《せき》から会話《かいわ》が聞《き》こえてきて、びくりと肩《かた》がはねた。

「バスケ部《ぶ》やめたんでしょ？」

「聞《き》いた聞《き》いた。昨日《きのう》、龍《りゅう》さまむかえにこなかったし、部活《ぶかつ》にもいなかったらしいよ」

楽《たの》しそうに話《はな》しているクラスの女《おんな》の子《こ》たち。

その中《なか》には、サッカー部《ぶ》のマネージャーの姿《すがた》もあった。

もう、ウワサが広《ひろ》まっているんだ……。部活《ぶかつ》にいなかったって、だれかが確認《かくにん》したのかな……。

バクバクと、心臓《しんぞう》がいやな音《おと》を立《た》てている。

私《わたし》への悪口《わるぐち》がおさまっていたのは、龍《りゅう》さんがまわりの人《ひと》に言《い》ってくれたから。

つまり、私《わたし》がバスケ部《ぶ》をやめたってウワサが広《ひろ》まったら……。

「ねえ、涼風《すずかぜ》さーん」

……また、いやがらせは再開《さいかい》するはず。

名前《なまえ》を呼《よ》ばれて、顔《かお》をあげた。

そこには、前回龍《ぜんかいりゅう》さんが注意《ちゅうい》してくれたサッカー部《ぶ》のマネージャーの女《おんな》の子《こ》ふたりと、クラスの女《おんな》の子《こ》がいた。

「涼風《すずかぜ》さん、バスケ部《ぶ》からも追《お》いだされたんだって？」

「かわいそ～」

「仕方《しかた》ないよね、性格最悪《せいかくさいあく》だもん」

私《わたし》を見《み》て、けらけらと笑《わら》っている女《おんな》の子《こ》たち。

その笑顔《えがお》がこわくて、思《おも》わず視線《しせん》をさげた。

まわりにいるクラスメイトも、私《わたし》を見《み》て笑《わら》っている。

「サッカー部《ぶ》やめるときも、日誌《にっし》とかも捨《す》てていったらしいよ」

「だから今《いま》サッカー部《ぶ》は混乱《こんらん》してるみたい」

「バスケ部《ぶ》でもキャプテンにとりいろうとしてきらわれたんだって」

前以上《まえいじょう》に、悪《わる》いウワサが広《ひろ》まってる……。

ぜんぶ、ちがう……だけど……ちがうって言《い》っても、きっとだれも信《しん》じてくれない……。

「涼風《すずかぜ》さんってやばい人《ひと》なんだな」

「こわ……」

「同《おな》じクラスにいたくない……」

こそこそと聞《き》こえるクラスメイトたちの声《こえ》に、耳《みみ》を塞《ふさ》ぎたくなった。

「ねえ、あやまってよ」

え……？

目《め》の前《まえ》のマネージャーさんが、そう言《い》って口角《こうかく》をあげながら私《わたし》を見《み》ている。

「あたしたち、涼風《すずかぜ》さんのせいで龍《りゅう》さまに怒《おこ》られたんだよ」

「そうそう、悪《わる》いのは涼風《すずかぜ》さんなのに」

「ほら、謝罪《しゃざい》してよ」

私《わたし》をにらみながら、あやまらせようとしてくるマネージャーさんたち。

どうしよう……。

断《ことわ》ったら、もっとひどいことを言《い》われるかもしれない……。

素直《すなお》にあやまったほうが、穏便《おんびん》に済《す》むのかな……。

『自分《じぶん》が悪《わる》くないときは、あやまらなくていいんだよ』

龍《りゅう》さんの言葉《ことば》を思《おも》いだして、ハッとした。

『そんなあやまり方《かた》したら、君《きみ》の心《こころ》が傷《きず》つくから』

『自分《じぶん》のこと、大事《だいじ》にしてね』

龍《りゅう》さん……。

頭《あたま》の中《なか》にあるやさしい笑顔《えがお》が、私《わたし》に勇気《ゆうき》をくれた。

龍《りゅう》さんはそばにいないときでも……私《わたし》のことを守《まも》ってくれる。

私《わたし》はサッカー部《ぶ》のマネージャーとして、やれるだけのことはやった。

精《せい》いっぱいがんばったって、胸《むね》を張《は》って言《い》えるから……あのときの自分《じぶん》を否定《ひてい》するようなことは、しない。

「……あやまり、ません」

「は？」

「私《わたし》は……なにもしてません」

信《しん》じてもらえなくてもいい。

これ以上《いじょう》……自分《じぶん》を傷《きず》つけたくない。

「反抗《はんこう》する気《き》？」

「生意気《なまいき》なんだけど、涼風《すずかぜ》のくせに」

こわい……けど、謝罪《しゃざい》だけは、しない……。

涙《なみだ》をぐっと堪《こら》えて、スカートの裾《すそ》をぎゅっと握《にぎ》る。

「この前《まえ》俺《おれ》が言《い》ったこと、わからなかったのか？」

——え……？

聞《き》こえるはずのない人《ひと》の声《こえ》が聞《き》こえて、おどろいて顔《かお》をあげた。

龍《りゅう》さん……？

それに……バスケ部《ぶ》の、みなさんまで……。

龍《りゅう》さんのうしろにずらりと立《た》っている、京先輩《けいせんぱい》と影先輩《えいせんぱい》と壱《いち》さんと……宮《みや》さん。

どうしてここに……。

「陽《よう》、がんばったね」

私《わたし》の前《まえ》に来《き》た龍《りゅう》さんが、記《き》憶《おく》の中《なか》と同《おな》じやさしい笑《え》顔《がお》で、ぽんっと頭《あたま》をなでてくれた。

堪《こら》えていた涙《なみだ》が、ぶわっとあふれだしてしまう。

「どうしてバスケ部《ぶ》の人《ひと》たちが……」

「全《ぜん》員《いん》そろってる……」

クラス中《じゅう》がざわついていて、廊《ろう》下《か》の外《そと》にまで人《ひと》が集《あつ》まっていた。

「ちょっと、うちのかわいいマネージャー泣《な》かせたのだれ〜？」

「サ、サッカー部《ぶ》のマネージャー、やっぱりこわいっ……」

「つーか、だれがバスケ部《ぶ》やめたって？」

壱《いち》さんが、宮《みや》さんを見《み》てにやりとほほえんだ。

宮《みや》さんは威《い》嚇《かく》するような鋭《するど》い視《し》線《せん》で、私《わたし》の前《まえ》にいる女《おんな》の子《こ》たちを見《み》た。

「こいつは正《しょう》真《しん》正《しょう》銘《めい》、バスケ部《ぶ》のマネージャーだけど」

宮《みや》、さん……？

「ど、どうなってるのっ……」

「あんたがバスケ部《ぶ》やめたって言《い》ったんでしょ……！」

「ちがうよ、あたしじゃないし……！」

女《おんな》の子《こ》たちも混乱《こんらん》しているのか、口論《こうろん》になっている。

だけど、いちばん混乱《こんらん》しているのは私《わたし》だった。

「あ、あの、私《わたし》はもう……」

バスケ部《ぶ》の、マネージャーじゃないはずだ。

やめるって、はっきりと言《い》ったから。

「うるさい、涼風《すずかぜ》のくせに反抗《はんこう》すんな」

ふんっとそっぽをむいて、そう言《い》った宮《みや》さん。

「でも……」

「でもじゃねー！　あーもう……おまえに拒否権《きょひけん》ないし！」

不機嫌《ふきげん》な宮《みや》さんにため息《いき》をついたあと、龍《りゅう》さんは私《わたし》を見《み》た。

「みんな、陽《よう》にいてほしいから来《き》たんだ」

そんな……。

「バスケ部《ぶ》は、みなさんにとって大事《だいじ》な居場所《いばしょ》で……」

私《わたし》がいたら、ダメな場所《ばしょ》だ。

「だから……おまえも大事《だいじ》だって言《い》ってるだろ！」

叫《さけ》ぶようにそう言《い》った宮《みや》さんの顔《かお》は、真《ま》っ赤《か》にそまっていた。

大事《だいじ》だと言《い》ってもらえたことがうれしくて、胸《むね》がいっぱいになる。

まるで……仲間《なかま》だって、言《い》ってもらえた気分《きぶん》になった。

「宮《みや》は不器用《ぶきよう》だな～」

「これでも宮《みや》くんは、涼風《すずかぜ》さんにどうやってあやまろうかって必死《ひっし》で悩《なや》んでたんだよ」

「そうそう、こいつ、さっきまでスッゲー不安《ふあん》そうな顔《かお》してたし。許《ゆる》してもらえなかったらどうしよう～とかうじうじ言《い》って」

「う、うるさい……!!　そんなうじうじした言《い》い方《かた》してないだろ……!!」

みなさん……。

「陽《よう》」

龍《りゅう》さんが、やさしい声《こえ》で私《わたし》の名前《なまえ》を呼《よ》んだ。

「さっきみたいに、自分《じぶん》が悪《わる》くないときはあやまらなくていいし、ちがうことはちがうって言《い》っていいんだよ」

ウワサのことを言《い》ってくれてるのかな……？

私《わたし》と目線《めせん》を合《あ》わせるように、しゃがみこんだ龍《りゅう》さん。

私《わたし》を見《み》つめる瞳《ひとみ》は、いつも以上《いじょう》にやさしかった。

「何十人《なんじゅうにん》、何百人《なんびゃくにん》、何千人《なんぜんにん》がそうだって言《い》っても、陽《よう》がちがうって言《い》うなら信《しん》じるから」

龍《りゅう》さん……。

「俺《おれ》は陽《よう》だけを信《しん》じるから」

私《わたし》の言葉《ことば》なんて、だれにも信《しん》じてもらえないと思《おも》っていたのに。

いつだって龍《りゅう》さんは……私《わたし》がいちばん欲《ほ》しい言葉《ことば》をくれる。

私《わたし》のことを、ゆいいつ信《しん》じてくれた……ヒーローみたいな人《ひと》。

……ううん、ちがう。

私《わたし》の――ヒーローだ……。

「はい……」

何度《なんど》も首《くび》を縦《たて》にふると、龍《りゅう》さんは笑《わら》ってそっと涙《なみだ》をぬぐってくれた。

「陽《よう》……改《あらた》めて、俺《おれ》たちのマネージャーになってくれませんか？」

本当《ほんとう》に……いいのかな……。

きっとみなさんにも、たくさん葛藤《かっとう》があったはずだし、私《わたし》がいることで今《いま》までのバスケ部《ぶ》ではいられなくなるはずだ。

不安《ふあん》になってみなさんのほうを見《み》ると、まるで見守《みまも》るようにやさしい眼差《まなざ》しをむけてくれていた。

私《わたし》は……。

私《わたし》の、気持《きも》ちは……。

「私《わたし》も……バスケ部《ぶ》に、いたいです」

はっきりとそう言《い》うと、みんながうけいれるように笑《わら》ってくれた。

「ありがとう、陽《よう》ちゃん！　これからもよろしくね～」

「よ、よろしくお願《ねが》いします……！」

「言《い》ったな！　もうとり消《け》しはなしだからな！」

「バスケ部《ぶ》は退部禁止《たいぶきんし》だぞ」

「はいっ……！」

みなさんの言葉《ことば》に、笑顔《えがお》でうなずいた。

あれ……？

みなさんの顔《かお》が、みるみる赤《あか》くなって……。

「笑《わら》った顔《かお》、はじめて見《み》た……あはは……マドンナの笑顔《えがお》は、破壊力《はかいりょく》があるね〜」

「え、えっと……その……」

「お、おま……その顔《かお》やめろ……！」

「……ちっ……」

そ、その顔《かお》……？

「気《き》にしなくていいよ、陽《よう》」

少《すこ》し不機嫌《ふきげん》な顔《かお》でみなさんを見《み》た龍《りゅう》さんが、ため息《いき》を吐《つ》いた。

「それじゃあ、俺《おれ》からも改《あらた》めて」

龍《りゅう》さんが、ゆっくりと口《くち》をひらいた。

「俺《おれ》たちは問題児扱《もんだいじあつか》いされてるような、評判《ひょうばん》はよくない部《ぶ》だけど……陽《よう》が安心《あんしん》できる居場所《いばしょ》になれるようにがんばるから、これからもよろしくお願《ねが》いします」

居場所《いばしょ》……。

ここは私《わたし》の居場所《いばしょ》だって、思《おも》ってもいいんだ……。

ひとりぼっちで孤独《こどく》だった、私《わたし》の中学校生活《ちゅうがっこうせいかつ》。

それが今《いま》、かわりはじめた気《き》がした。

「こちらこそ……よろしくお願《ねが》いしますっ……」

涼風陽《すずかぜよう》。中学《ちゅうがく》一年生《ねんせい》。

今日《きょう》から正式《せいしき》に——バスケ部《ぶ》のマネージャーになりました。

【END《エンド》】

あとがき

はじめまして、＊あいら＊です！

このたびは、『高宮学園《たかみやがくえん》バスケ部《ぶ》の氷姫《こおりひめ》』を読《よ》んでくださって、ありがとうございます！

あとがきまで読《よ》んでくださって、とても嬉《うれ》しいです……！

さて、『高宮学園《たかみやがくえん》バスケ部《ぶ》の氷姫《こおりひめ》』は楽《たの》しんでいただけたでしょうか？

最初《さいしょ》この作品《さくひん》をうみだす時《とき》、青春《せいしゅん》のときめきや恋愛《れんあい》のドキドキや、目標《もくひょう》に向《む》かって頑張《がんば》るわくわくを全部《ぜんぶ》えがきたいなと、私自身《わたしじしん》すごくわくわくして書《か》きました！


実《じっ》は最初《さいしょ》は、今《いま》とは設定《せってい》が違《ちが》ったり（陽《よう》ちゃんにお兄《にい》ちゃんがいたり……！）、バスケ部《ぶ》のみんなも性格《せいかく》や口調《くちょう》が変《か》わったり、最初《さいしょ》の案《あん》から変更《へんこう》した部分《ぶぶん》がたくさんあります！

絶対《ぜったい》に面白《おもしろ》いものを書《か》きたい……！　という気持《きも》ちで、担当編集《たんとうへんしゅう》さんと何度《なんど》も何度《なんど》も話《はな》し合《あ》って、この作品《さくひん》が完成《かんせい》しました！

読《よ》んでくださった読者《どくしゃ》さんたちに、ときめきもドキドキもわくわくも、全部《ぜんぶ》感《かん》じていただけていたら嬉《うれ》しいです……！

それでは最後《さいご》に、「高宮学園《たかみやがくえん》バスケ部《ぶ》の氷姫《こおりひめ》」に関《かか》わってくださった方々《かたがた》に、お礼《れい》をのべさせてください！

素敵《すてき》なイラストを描《か》いてくださったムネヤマヨシミ先生《せんせい》！

素敵《すてき》なデザインにしあげてくださったデザイナー様《さま》！

いつも太陽《たいよう》のように私《わたし》を照《て》らしてくださる担当編集様《たんとうへんしゅうさま》！（『高宮学園《たかみやがくえん》バスケ部《ぶ》の氷姫《こおりひめ》』がうまれたのは、担当編集《たんとうへんしゅう》さんのおかげです！）

集英社《しゅうえいしゃ》みらい文庫編集部《ぶんこへんしゅうぶ》の皆様《みなさま》、そしてこのあとがきを読《よ》んでくださっている皆様《みなさま》！

全《すべ》ての方《かた》に、心《こころ》より感謝申《かんしゃもう》し上《あ》げます！

あらためて、ここまで読《よ》んでいただき本当《ほんとう》にありがとうございます……！

ぜひ②巻《かん》でもお会《あ》いしていただけると嬉《うれ》しいです！

＊あいら＊

※＊あいら＊先生《せんせい》へのお手紙《てがみ》はこちらに送《おく》ってください。

〒101－8050　東京都千代田区一ツ橋《とうきょうとちよだくひとつばし》２－５－10

集英社《しゅうえいしゃ》みらい文庫編集部《ぶんこへんしゅうぶ》　＊あいら＊先生《せんせい》

集英社みらい文庫

高宮学園《たかみやがくえん》バスケ部《ぶ》の氷姫《こおりひめ》

愛《あい》されすぎのマネージャー生活《せいかつ》、スタート！

＊あいら＊ 作

ムネヤマヨシミ 絵

ファンレターのあて先
〒101-8050 東京都千代田区一ツ橋2-5-10 集英社みらい文庫編集部
いただいたお便りは編集部から先生におわたしいたします。

2024年10月30日 第1刷発行

発 行 者 今井孝昭
発 行 所 株式会社 集英社
〒101-8050 東京都千代田区一ツ橋2-5-10
電話 編集部 03-3230-6246
読者係 03-3230-6080
販売部 03-3230-6393（書店専用）
https://miraibunko.jp
装 丁 東海林かつこ（next door design） 中島由佳理
印 刷 大日本印刷株式会社 TOPPAN株式会社
製 本 大日本印刷株式会社

ISBN978-4-08-321872-9 C8293 N.D.C.913 218P 18cm

流《なが》れ星《ぼし》の約《やく》束《そく》
再会《さいかい》したきみは芸能人《げいのうじん》!?
伝《つた》えたい想《おも》い
みずのまい 作
雪《ゆき》丸《まる》ぬん 絵
オリジナル
新《しん》作《さく》
2024年《ねん》11月《がつ》22日《にち》金《きん》発《はつ》売《ばい》予《よ》定《てい》!

4年《ねん》ぶりに再会《さいかい》した初恋相手《はつこいあいて》は、
芸能界《げいのうかい》のトップ俳優《はいゆう》に!?

幼《おさな》い頃《ころ》に両親《りょうしん》を事故《じこ》で亡《な》くした**結《ゆい》**。
小学《しょうがく》2年生《ねんせい》のときに**施設《しせつ》**で出会《であ》った
安藤流星《あんどうりゅうせい》くんと**トクベツな約束《やくそく》**をしたけど、
すぐに**離《はな》れ離《ばな》れ**に。小学《しょうがく》6年生《ねんせい》になり、
ひょんなことから**映画《えいが》のエキストラ**に
誘《さそ》われるが、その映画《えいが》の主演《しゅえん》の男《おとこ》の子《こ》は
「流星《りゅうせい》」という名前《なまえ》で…!? **顔《かお》もそっくり!?**
同一人物《どういつじんぶつ》なのか確《たし》かめたいけど、
彼《かれ》はおどろくほど**冷酷無慈悲《れいこくむじひ》な人物《じんぶつ》**で…!?

登場人物《とうじょうじんぶつ》

大沢結《おおさわゆい》

小《しょう》6。両親《りょうしん》を亡《な》くし一時《いちじ》は施設《しせつ》で育《そだ》つが、縁《えん》あって西川家《にしかわけ》の一員《いちいん》に。サバサバした性格《せいかく》で面倒見《めんどうみ》がよい姉御肌《あねごはだ》。

天川流星《あまかわりゅうせい》

小《しょう》6。天才子役《てんさいこやく》として圧倒《あっとう》的《てき》な才能《さいのう》で人気《にんき》を博《はく》す。結《ゆい》が施設《しせつ》で心《こころ》を通《かよ》わせた「安藤流星《あんどうりゅうせい》」くんと同一《どういつ》人物《じんぶつ》なのかは…?

西川多摩子《にしかわたまこ》

売《う》れっ子《こ》のミステリー作家《さっか》。結《ゆい》の母親《ははおや》の大学時代《だいがくじだい》の同級生《どうきゅうせい》で、事故《じこ》を知《し》り、結《ゆい》を引《ひ》き取《と》る決心《けっしん》をした。

西川倫太郎《にしかわりんたろう》

小《しょう》4。結《ゆい》とは血《ち》のつながりがなく名字《みょうじ》も別《べつ》だが、弟《おとうと》として結《ゆい》を慕《した》っている。心《こころ》の優《やさ》しい子《こ》。

井上大河《いのうえたいが》

小《しょう》6。結《ゆい》の幼《おさな》なじみ。リトルリーグで4番《ばん》キャッチャー、キャプテン。

加山龍之介《かやまりゅうのすけ》

有名子役《ゆうめいこやく》が多数所《たすうしょ》属《ぞく》する劇団《げきだん》に所属《しょぞく》。礼儀正《れいぎただ》しく、誠実《せいじつ》な人柄《ひとがら》。

記憶《きおく》バトルロイヤル
夢《ゆめ》のために、覚《おぼ》えて勝《か》つ――!
覚《おぼ》えて勝《か》ちぬけ!
100万円《まんえん》をかけた戦《たたか》い
東大《とうだい》出身《しゅっしん》!!
記憶力日本《きおくりょくにほん》チャンピオン監修《かんしゅう》!
楽《たの》しく読《よ》んで、記憶力《きおくりょく》アップ!!
相羽《あいば》鈴《りん》 作《さく》
木乃《きの》ひのき 絵《え》
青木《あおき》健《たける》 監修《かんしゅう》

賞金《しょうきん》100万円《まんえん》をかけて、記憶力《きおくりょく》を競《きそ》うゲーム大会《たいかい》に出場《しゅつじょう》した柊矢《しゅうや》。記憶力《きおくりょく》はトホホなレベルだけど、不思議《ふしぎ》なハリネズミに覚《おぼ》え方《かた》のコツを教《おし》えてもらうとブーストがかかり…!?　ライバルは強敵《きょうてき》の怜央《れお》！　数字《すうじ》、人物《じんぶつ》、楽譜《がくふ》、迷路《めいろ》――覚《おぼ》えて勝《か》ちぬくバトルロイヤル開幕《かいまく》！

2024年《ねん》11月《がつ》22日《にち》金《きん》発売予定《はつばいよてい》！

「みらい文庫《ぶんこ》」読者《どくしゃ》のみなさんへ

言葉《ことば》を学《まな》ぶ、感性《かんせい》を磨《みが》く、創造力《そうぞうりょく》を育《はぐく》む……、読書《どくしょ》は「人間力《にんげんりょく》」を高《たか》めるために欠《か》かせません。たった一枚《いちまい》のページをめくる向《む》こう側《がわ》に、未知《みち》の世界《せかい》、ドキドキのみらいが無限《むげん》に広《ひろ》がっている。これこそが「本《ほん》」だけが持《も》っているパワーです。

学校《がっこう》の朝《あさ》の読書《どくしょ》に、休《やす》み時間《じかん》に、放課後《ほうかご》に……。いつでも、どこでも、すぐに続《つづ》きを読《よ》みたくなるような、魅力《みりょく》に溢《あふ》れる本《ほん》をたくさん揃《そろ》えていきたい。読書《どくしょ》がくれる、心《こころ》がきらきらしたり胸《むね》がきゅんとする瞬間《しゅんかん》を体験《たいけん》してほしい、楽《たの》しんでほしい。みらいの日本《にほん》、そして世界《せかい》を担《にな》うみなさんが、やがて大人《おとな》になった時《とき》、「読書《どくしょ》の魅力《みりょく》を初《はじ》めて知《し》った本《ほん》」「自分《じぶん》のおこづかいで初《はじ》めて買《か》った一冊《いっさつ》」と思《おも》い出《だ》してくれるような作品《さくひん》を一所懸命《いっしょけんめい》、大切《たいせつ》に創《つく》っていきたい。

そんないっぱいの想《おも》いを込《こ》めながら、作家《さっか》の先生方《せんせいがた》と一緒《いっしょ》に、私《わたし》たちは素敵《すてき》な本作《ほんづく》りを続《つづ》けていきます。「みらい文庫《ぶんこ》」は、無限《むげん》の宇宙《うちゅう》に浮《う》かぶ星《ほし》のように、夢《ゆめ》をたたえ輝《かがや》きながら、次々《つぎつぎ》と新《あたら》しく生《う》まれ続《つづ》けます。

本《ほん》を持《も》つ、その手《て》の中《なか》に、ドキドキするみらい――。

本《ほん》の宇宙《うちゅう》から、自分《じぶん》だけの健《すこ》やかな空想力《くうそうりょく》を育《そだ》て、〝みらいの星《ほし》〟をたくさん見《み》つけてください。

そして、大切《たいせつ》なこと、大切《たいせつ》な人《ひと》をきちんと守《まも》る、強《つよ》くて、やさしい大人《おとな》になってくれることを心《こころ》から願《ねが》っています。

2011年《ねん》　春《はる》

集英社《しゅうえいしゃ》みらい文庫《ぶんこ》編集部《へんしゅうぶ》